ORIENTAL FANTASY STORY & ADVENTURE

마
검
왕 17

dream
books
드림북스

마검왕 17 붉은 사막의 왕

초판 1쇄 인쇄 / 2014년 9월 29일
초판 1쇄 발행 / 2014년 10월 10일

지은이 / 나민채

발행인 / 오영배
책임편집 / 편집부
펴낸 곳 / (주)삼양출판사 · 드림북스

주소 / 서울특별시 강북구 솔샘로67길 92
대표 전화 / 02-980-2112 팩스 / 02-983-0660
편집부 전화 / 02-980-2116 팩스 / 02-983-8201
블로그 / blog.naver.com/dreambookss

등록번호 / 제9-00046호
등록일자 / 1999년 3월 11일

ISBN 979-11-313-0117-3 (04810) / 978-89-542-3036-0 (세트)

* 지은이와 협의하에 인지는 생략합니다.
* 잘못된 책은 구입한 곳에서 바꾸어 드립니다.

이 도서의 국립중앙도서관 출판시도서목록(CIP)은 서지정보유통지원시스템홈페이지
(http://seoji.nl.go.kr)와 국가자료공동목록시스템(http://www.nl.go.kr/kolisnet)에서
이용하실 수 있습니다. (CIP제어번호: 2014027767)

魔劍王

마검왕

나민채 퓨전무협 장편소설

ORIENTAL FANTASY STORY & ADVENTURE

17

붉은 사막의 왕

dream books
드림북스

목차

제1장 할라 수련 _ 007

제1장

할라 수련

　자하라의 미간이 손가락으로 꾹 누른 것처럼 접혀 들어가기 시작했다.

　나는 그런 그녀를 향해 '해볼 테면 해봐라.'는 식으로 웃고 있었다.

　―무슨 일이 있었던 것이지?

　한참 끝에 그녀는 내 의식으로 파고들려는 시도를 포기하면서 의념을 보냈다.

　대답 대신 내 미간을 톡톡 건드려 보였다. 과연 자하라는 내 변화를 어렵지 않게 눈치채면서, 그녀답지 않은 놀란 표정을 지었다.

꽤나 생동감이 넘치는 표정이었다.

—할라를 보았다.

자하라에게 의념을 보냈다. 동시에 말도 했다.

"시험해 보고 싶은 게 있는데, 의념이 아니라 직접 말로 해 보겠어?"

뭔가를 골똘히 생각하던 자하라는 천천히 고개를 끄덕였다.

이윽고 그녀의 입에서 매혹적인 목소리가 흘러나왔다.

역시 내 생각대로였다.

언어라는 것은 의사를 전달하고 해석하기 위한 도구. 하지만 '세 번째 눈'은 언어를 초월하는 도구로서, 음성 속에서 대상이 전하고자 하는 뜻을 읽어낸다.

"어떻게 그럴 수가 있지?"

자하라가 반문했다.

굳이 그녀가 의념을 보내지 않더라도, 나는 그녀의 목소리 자체에서 그녀가 전하고자 하는 의사를 읽어냈다.

그 일은 손가락을 움직이는 것처럼, 눈을 깜박거리는 것처럼, 숨을 쉬는 것처럼 매우 자연스럽게 일어났다.

"세 번째 눈. 꽤나 편하군. 앞으로는 언어의 장벽이라는 게 없겠어. 하지만 세 번째 눈의 진정한 능력에 비하면……"

나는 중얼거리면서 놀란 자하라의 반응을 살폈다.

"어떻게 세 번째 눈을 얻었어? 어떻게?"

절대 있을 수 없다.

자하라는 그런 얼굴로 고개를 설레설레 저었다.

"말했듯이 할라를 보았다. 깨달음은 뜻밖의 순간에 찾아오더군."

"할라를 보았다, 그렇게만 말한다면 아무리 나라도 그게 무슨 뜻인지 알지 못해. 붉은 사막의 왕. 그대의 기억을 내게 보여 줄 수 있나?"

자하라의 목소리에는 간절함마저 담겨 있었다. 입장 바꿔 생각해 본다면 그런 그녀의 반응은 지극히 당연스러운 것이었다.

불과 몇 시간 전까지 단 한 번도 할라를 수련한 적 없던 이방인이, 갑자기 세 번째 눈을 개발하고 나타났으니 얼마나 놀라울까.

경이로움은 둘째 치고 수많은 의문과 호기심들이 꼬리에 꼬리를 물면서 계속 이어지고 있을 것이다.

"내 기억을 보여 달라고?"

"그대에게 놀라운 일이 일어났다. 그대도 그대의 정신과 몸에 무슨 일이 일어났는지 알고 싶겠지. 그대의 의식으로 가는 길을 열어줘."

"다른 누군가가 내 머릿속을 제집마냥 헤집고 다니는 일은……. 두 번 다시없을 것이다."

"그대의 변화를 알고 싶지 않다고? 설마 진심은 아니겠지?"

자하라는 나를 대함에 있어, 내게 목숨을 애걸하던 그 순간 외에는 항상 여유롭고 느긋했다. 감정을 내비치는 일 또한 없었다. 그러나 더 이상 내 의식 속으로 들어오지 못하게된 지금의 그녀의 얼굴 위로는 당황스러운 감정이 고스란히 드러나고 있었다.

"내가 얻은 깨달음을 내가 모른다는 게 말이 된다고 생각하나?"

나는 내가 얻은 깨달음이 무엇인지 정확히 알고 있다.

"그게……. 무엇이지?"

*　　　*　　　*

우리 인간은 태어나면서 가지고 있는 생명 에너지가 있다.

동방 무림에서는 그것을 원기(元氣)라 부르고, 후천적으로 배양하는 내공들과는 차별을 두었다.

그런데 원기를 다루는 태도에서 동방과 서방의 무공이 행로를 달리하게 되었다.

동방에서는 타고난 양을 더 이상 늘릴 수 없는 진기보다는, 단전을 개발시켜 그곳에 축기(築氣)시킬 수 있는 후천적인 내공에 초점을 맞춰 무공을 발전시켜 왔다.

반면에 서방에서는 원기의 흐름에 관점을 두어 연구하였다. 진기가 8만 8천 개의 할라를 통해 거대하면서도 세밀한 순환을 하고 있다는 것을 발견하였고, 거기에 초점을 맞춰 그들의 무공을 발전시켜 왔다.

축약하자면 동방의 수련은 기를 쌓을 수 있는 단전을 중심으로 하고 있고, 서방의 수련은 타고난 에너지를 활용하게끔 할라를 중심으로 하고 있는 것이다.

그때 그 깨달음 속에 내가 느끼고 본 것은 바로!

이 8만 8천 개에 달하는 할라의 존재였다.

＊　　　＊　　　＊

"내 몸 안의 할라."

나는 짧게 대답했다. 그래도 자하라는 이해가 안 된다는 표정이 여전했다.

"너희들이 발전시킨 무공과 내가 온 곳에서 발전시킨 무공의 차이점은 진작 알고 있었지. 하지만 알고 있다는 것과 그것을 제 몸으로 직접 느낀다는 것은 엄연히 큰 차이란 말이야."

나는 멀뚱멀뚱 쳐다보는 자하라를 향해 계속 말했다.

"이전에는 원기의 흐름을 제대로 느낄 수 없었어. 마치 고립되어 있는 것처럼 여겼었거든. 하지만 이젠 그게 아니다. 내 몸에 흐르는 거대한 두 기운이 느껴진다."

선천진기인 원기와 단전에 자리한 후천진기!

그쯤에서 자하라가 참지 못하고 끼어들었다.

"할라 수련법은 비기(秘技)로 내려오고 있다. 나는 그것이 궁금한 것이야. 특히 그대가 수련한 '세 번째 눈'의 수련법은 거대한 제국을 통틀어도 손을 꼽을 정도로 아는 이가 적은 법인데……. 그대가 익힌 수련법은 시라파 계열의 것인가 후라파 계열의 것인가?"

"자하라. 잘못 짚어도 한참을 잘못 짚었어. 나는 깨달음을 얻었고, 그 속에서 내 몸 안의 할라를 보고 느낀 것이다."

우리의 대화가 헛돌고 있음을 느꼈다. 우리는 약속이라도 한 듯 입을 다물었다.

그리 오래 지나지 않아서 자하라의 눈이 번쩍 떠졌다.

나 역시 우리의 대화가 헛돌고 있던 이유를 알아차렸을 때였다.

"붉은 사막의 왕. 설마 그대가……. 그대가……. 원하는 할라를 키울 수 있다는 것은……. 아니겠지?"

"맞다."

내 대답에 자하라의 아름다운 얼굴이 경악으로 일그러졌다. 그녀의 어깨와 팔 또한 눈치챌 수 있는 만큼 부르르 떨리기 시작했다.

나는 그런 그녀의 반응이 이해됐다. 내가 추측하는 대로라면 그녀는 물론이고 이 땅의 누구도 나와 같이 그럴 수가 없을 테니까 말이다.

나는 그녀가 요구하기 전에 먼저, 미간의 할라에서 중완(中脘)의 할라로 집중력을 옮겼다.

원기의 양은 일정하다.

다만 수축과 이완을 통해 온몸으로 혈액을 내보내는 심장이 그러하듯, 순환하던 원기가 중완의 할라를 중심으로 더 세고 빠르게 돌기 시작했다.

흐읍.

부쩍 강해진 완력(腕力)과 지치지 않을 활력(活力)이 느껴진다.

단전 안의 기운을 쓰지 않더라도, 내공을 쌓지 않더라도, 원기의 흐름을 조율하는 것만으로도 필부(匹夫) 이상의 신체적 능력이 생겨나는 것이다.

허공에 가볍게 휘두른 주먹에서 쉭 소리가 매섭게 났다.

그때 자하라가 부들부들 거리면서 뭐라고 말했다. 역시

중완의 할라로 집중력을 옮긴 탓에 그녀의 목소리에 담긴 의사가 전해 오지 않았다.

나는 기다리는 제스처와 함께 미간의 할라로 집중력을 옮겼다.

"보다시피 어느 할라에서든 원기를 조율할 수 있다. 조금 전에는 뭐라고 말했었지?"

"……. 내게도 그대의 깨달음을 전해 줄 수 있나?"

"아니. 그 말은 숨을 쉬는 방법을 가르쳐 달라는 말과 다르지 않다. 자하라. 너도 일대종사의 경지에 이룬 만큼 무슨 뜻인지 알겠지."

자하라는 그럴 줄 알았다는 듯, 조금도 실망하는 기색 없이 다음 질문을 던졌다.

"그대가 이룬 성취는 어디까지지?"

나는 대답 대신 빙그레 웃어 보였다.

"왜 웃지?"

"너도 알다시피 나는 동방에서 왔으며, 다른 세상에서 오기도 하였다."

"……."

"두 곳에서의 삶이 지금의 깨달음을 이끈 것이라, 너로서는 한 번도 듣도 보도 못한 변화가 내게 있었던 것이지. 그렇다고 해서 내가 입신(入神)의 경지에 오른 것은 아니다. 단지 몸 안의 할라를 느꼈고, 내 신체 일부처럼 다룰 수 있게 된 것뿐이다."

"그 말은?"

"'세 번째 눈'만 놓고 보자면 나의 세 번째 눈은 네 것에 비해 형편없다. 그저 음성에 담긴 의사를 읽어 내는 수준에 불과하며, 중완의 할라 또한 봤다시피 일반인보다 조금 더 힘이 세지는 것뿐이었다. 그러니 나를 시기하지 마라."

"시기라니!"

자하라는 바로 발끈하였다가, 그녀도 모르게 내 시선을 잠깐 피하는 모습을 보였다. 세간에 알려진 무서운 살라딘의 악명과는 달리 제법 귀여운 구석이 있는 여자라는 생각이 들었다.

"그, 그러니까 그대의 말은 그대가 이룬 할라의 성취가 입문에 불과하다는 것인가?"

"이번의 깨달음은 내 본연의 무공에 비하면 그저 편리한 도구에 불과할 뿐이지. 그러니 시기하지 말고, 앞으로 내가 물을 게 많아질 텐데 성실히 대답해 주길 바란다. 이 말을 하기 위해 왔다."

"이 나를 어떻게 보고……."

나는 자하라를 바라보며 살며시 웃었다. 그런 다음 본론으로 들어갔다.

자하라에게는 대수롭지 않게 말했지만, 실상은 달랐다.

내 몸 안의 우주(宇宙)에 대해 한 발자국 더 다가간 만큼, 십이양공 십이성의 벽이 이제는 불가능한 일 만은 아닌 게 되었다.

십이양공 십이성은 입신의 경지다.

지금 와서 돌이켜 생각해 보면, 그렇게 대단해 보였던 전대 교주 또한 십이성의 벽을 넘지 못했던 것 같다. 그뿐만이 아니다.

전대 교주들 중 십이성의 벽을 넘었던 이는 본교가 정마교와 혈마교로 나뉘기 전인 존마교 시절에 딱 한 명만 존재했다고 한다.

나는 십이양공 십일성의 경지를 이룬 다음에서야 왜 전대 교주들이 마지막 경지를 이루지 못하고 생을 마감했는지 통감할 수 있었다.

단전은 커질 대로 커져서 더 이상 커지지 않는다. 축기의 필요성이 없어진지 꽤 지났다. 십이양공 십이성의 경지는 단전에 얼마만큼 기운을 쌓느냐의 문제가 아니었다.

그렇다고 어떤 깨달음을 얻어야 하는 것이었다면, 십일성 이후 수십 년간 폐관을 들었던 전대 교주들 중 누군가는 십이성의 벽을 넘어야 했던 것이 아니었을까. 하지만 누구도 없었다.

애초에 인간으로 태어나서 신의 자리를 노리는 것 자체부터가 어불성설이 아닌가?

신의 자리에 오르기 위해서라면, 이 몸이 신이 되어야 한다.

나는 이번의 깨달음 속에서 그 방법을 보았다.

내 몸 안에 흐르는 두 기운.

선천진기와 후천진기의 흐름으로 하여금 이 몸 안에 태극의 진리를 실현하는 것.

그리하여 이 몸을 진정한 우주로 돌릴 수 있다면 그때는 십이성의 벽을 이룰 수 있을 것이다.

그러기 위해서는 원기의 흐름을 십이양공으로 쌓은 강렬한 후천진기의 흐름만큼이나 다룰 수 있어야 하는데…….

"그대 또한 할라를 수련해 보고 싶다?"

"맞아."

"이미 그 방법을 내 알려 주었는데."

자하라가 의미심장한 미소와 함께 입을 열었다.

바로 그 순간.

동침(同寢)!

단어 하나가 뇌리를 스치고 지나갔다.

* * *

할라 수련법에서 성교(性交)란 종족 번식과 쾌락의 도구가
아니다.

자하라의 긴 설명을 듣고 이해한 바를 축약해 보면 다음
과 같다.

1. 대우주와 자신이 하나라는 걸 발견하는 길로 음양의
교접을 수단 삼아 무극과 태극의 원리를 실현시키는 방법이
다.

2. 억제된 욕망은 더 큰 욕망을 낳으며 우주의 깨달음을
막게 된다. 중요한 것은 욕망을 억제시키는 방법이 아니라
올바른 해소 방법이다.

3. 올바른 방법을 통해 자아 속에 갇힌 욕망을 해방시킬
때 거기에서 오는 거대한 성 에너지는, 육체를 완전히 이해
할 수 있게끔 하여 생명 에너지(元氣)를 통제할 힘을 얻을 수
있게 한다.

*   *   *

"할라를 수련하기 위해선 반드시 동침을 해야만 하는 것
인가?"

자하라는 그렇다고 말했다.

그럴 수밖에 없는 것이 이 땅에서 발전해 온 수련법이 그러하였으며, 자하라 또한 그녀의 스승으로부터 배운 전부가 바로 그것이었다.

이 땅에서는 욕망의 해소를 말하고, 중원의 도가와 불가에서는 욕망의 억제를 말하면서 서로 상반된 입장을 취한다.

철학적인 측면에서는 평생을 매진하여도 답을 내릴 수 없는 심오한 문제이지만 무학(武學)적인 면에 있어서는 매우 간단하다. 시비(是非)를 가릴 것 없이 있는 그대로 받아들이면 되는 것이다.

전통적 사고에 의해 발전해 온 무공과 그 수련법이 다른 것뿐이기 때문이다.

"나는 그대의 상대로 충분하다."

가만히 생각에 잠겨 있을 때, 자하라의 목소리가 들려왔다.

"그대와 내가 같이 수련하면 그 효과는 실로 대단할 것이다. 나는 그대의 동등한 상대가 될 만한 경지에 이르렀으며, 또한 충분히 아름답다."

자하라는 그녀의 말대로 아름다울 뿐만 아니라, 남자라면 누구나 끌릴 수밖에 없는 육감적인 몸매를 가지고 있기도 했다.

뿐만 아니라 내가 십이양공 십이성의 아성에 도전할 수 있게끔 도와줄 충분한 조력자가 되리란 점을 의심치 않는다.

망설일 이유는 없다.

"함께 사랑을 나누자는 게 아니다. 수련을 하자는 것이지."

자하라가 쐐기를 박듯이 말했다.

십이양공 십이성의 벽을 허물 수 있는 기회이며, 설사 실패한다고 해도 할라의 개발을 통해 그녀와 같은 영능력을 지니게 될 수도 있지 아니한가.

그럼에도 불구하고 나는 바로 답을 내리지 못하고 있었다.

나는 아무런 대답 없이 근처에 있던 푹신한 소파에 몸을 맡겼다.

그리고는 가만히 눈을 감고 생각에 잠겼다. 자하라도 그런 나를 방해하지 않았다.

무엇이 나를 망설이게 만드는 것일까?

오랜 생각 끝에 결국 바다와의 의리 때문이라는 결론이 섰다.

그 이유 말고는 자하라와 수련을 하지 않을 이유가 없었다. 그녀의 말대로 여기서 '성교'란 숭고한 사랑의 표현이 아니라 수련의 방도일 뿐이니까 말이다.

그러다 주신아와 사막에서 관계를 맺었던 일이 떠올랐다.
나는 그때 그 일을 두고 일말의 부끄러움도, 죄책감도 가지
지 않고 있는 내 모습을 발견했다.

그런가…….

바다와의 연인 관계는 진작 끝이 났던 것인가…….

수많은 사건들을 숨 가쁘게 헤치며 달려오는 사이, 바다
는 어느새 한 귀퉁이로 밀려나 있었다.

어쩔 수 없는 이유가 있다고 해도.

우리가 오랫동안 연락을 하지 않은 것은 분명한 사실이었
다.

그녀는 내게 잊혀 가고 있었던 것이다.

그녀가 항상 행복하고 모든 일이 잘되길 바라면서도 정작
그립지는 않았다.

연락이 되지 않는 나를 원망하며 울고 있을 바다의 얼굴
이 떠올랐다. 어쩌면 바다도 우리가 헤어졌다고, 생각하고
있는지도 모른다.

매정하다 할 수 있겠지만 여기서 끝난 것 같다. 계속 연인
관계를 유지하기에는 그녀와 내가 사는 세상이 너무 다르다.
무엇보다 그녀를 향한 내 사랑이 더 이상 느껴지지 않는다.
그게 가장 큰 이유였다.

설아를 잃고 방황하던 나를 붙잡아 준 사람이 바다였다.

그 2년간 바다는 내게 아낌없는 사랑을 보여줬다.

그러나 이별을 결정한 순간에서 그 2년은 한 점의 추억에 불과해 져 버렸다. 사랑과 사람은 참으로 이기적이라는 것을 느끼면서도, 나는 결정한 이별을 번복할 생각이 들지 않았다.

무척이나 입맛이 썼다.

진작에 바다를 놓아줬어야 했는데, 그렇게 하지 못한 내 잘못을 통감했다.

이기적이라도 어쩔 수 없다는 게 지금 드는 솔직한 심정이었다.

미안해.

다음에 바다를 만나면 그 말밖에는……. 달리 할 수 있는 말이 없을 것 같다.

눈을 뜨자 멀리서 물끄러미 나를 바라보고 있는 자하라가 보였다.

"좋다. 같이 수련을 하겠다."

자하라의 얼굴에 바로 화색이 감돌았다.

"오늘부터 틈이 나는 대로 수련을 시작하도록 하지."

나는 그렇게 말한 후 술탄의 방에서 나갔다.

*　　　*　　　*

객실 앞에서 나디아가 서성이고 있었다.

구주일일과 같은 방 안에 있는 게 그녀로서는 불안했던 모양이다.

나를 발견한 나디아의 얼굴 위로 환한 빛이 감돌았다. 그녀는 여느 때처럼 내게 손짓과 간단한 단어로 뭔가를 말하려고 하였다.

―말로 해도 된다. 무슨 말을 해도 다 알아들을 수 있어.

나디아에게 의념을 보냈다.

나디아는 갑자기 그녀의 의식 속으로 끼어드는 생각에 화들짝 놀라는 모습을 보였다. 그녀가 토끼처럼 동그란 눈으로 나를 멀뚱멀뚱 올려다봤다.

"어떻게 말해야 할지 모르겠는데, 주인님이 무슨 생각을 하고 있는지 알 것 같아요. 이렇게 우리말로 해도 주인님이 제 말을 알아들을 수 있을 것 같다는 생각이 들어요."

나디아의 목소리가 부쩍 커졌다. 복도의 경비병들이 이쪽을 쳐다봤다.

―내 생각을 네게 보내고 있는 것이니까. 그런데 주인님이라니.

"제 머릿속에서 무슨 일이 일어나고 있는 거지요?"

"할라."

나는 집게손가락을 미간에 대며 말했다. 할라가 무엇인지 모를 리 없던 나디아는 한 번 더 놀란 표정을 지었다.

　―평범한 대화는 아니지만, 이렇게라도 의사가 통하니 좋군.

　"……. 대단하세요. 주인님."

　나디아는 이쪽을 바라보고 있는 경비병들을 의식하면서 목소리를 줄였다.

　처음에 나디아는 나를 정이라고 불렀다. 그러다 카라반 상인과 떨어지는 순간부터 나를 부르는 말이 바뀌었다.

　지금까지 친구나 오빠라는 식의 친근한 대상을 부를 때 쓰는 말이라고 생각했던 것이, 알고 보니 주인님이라는 뜻이었던 것이다.

　"정."

　―나를 그렇게 부르면 된다. 주인님이라고 불리는 건 거북해.

　나는 말을 하면서 동시에 의념을 보냈다.

　"나디아는 율법에 따라 주인님의 소유물입니다."

　이쪽 사람들은 이런 부분에서 만큼은 단호하다. 나디아도 다르지 않았다.

　그런데 어쩐지 나디아에게서 부끄러운 기색이 보였다. 그제야 나는 노예의 입장에서 주인의 이름을 부를 수 있을 때에는 오로지 주인과 혼인을 했을 때 만인 것이 떠올랐다.

나는 어색한 웃음과 함께 객실 문을 밀고 들어갔다.

구주일일이 나를 기다리고 있었다. 내공을 완전히 상실한 놈은 십 년은 더 늙어버린 듯한 얼굴로 변해 있었다.

"오셨습니까."

나는 대답 대신 품 안에 넣고 있던 보물지도 한쪽을 던졌다.

그것은 구주일일을 향해 일직선으로 날아갔다. 작은 종이한 조각이라 아무런 위험 없어 보이지만, 실제로는 적지 않은 공력이 깃들어 있었다.

그대로 받으면 크게 다칠 게 뻔했던지라, 놈은 경악하면서몸을 피했다. 내공 한 점 없는 놈치고는 원숭이처럼 재빠른몸놀림이었다.

놈이 약간의 원망이 섞인 눈으로 나를 쳐다봤다.

"그 정도면 나가서도 쉽게 죽지는 않겠군. 지도를 주워들고. 이제 그만 내 앞에서 꺼져라."

"저는 무공을 잃었습니다."

놈이 지도를 주우면서 억울한 것처럼 말했다.

"말은 바로 하랬다. 내공을 잃은 것인지 무공까지 잃은 게아니지."

"제 재주를 높게 봐주신 점은 감사합니다만, 지금 같아선

나가 죽으라는 말씀과 다름없습니다. 교주께선 제발 사정을
봐주십시오."

"죽어 가던 놈을 물에서 건져 주었더니 보따리까지 내놓
으라는 것이냐? 오냐."

나는 가짜 탈혼심법 비급을 놈 앞으로 던졌다.

툭.

비급이 놈의 발밑으로 떨어졌다.

"네놈이 인간이라면 본 교주와의 신의를 지켜야 할 것이
다."

놈은 내가 무슨 말을 하는지도 들리지 않는 것 같았다.

제 손에 들린 가짜 탈혼심법 비급을 광기 어린 시선으로
바라만 보고 있었을 뿐이었다. 가짜 탈혼심법으로 그렇게 고
생을 해 놓고도 집착을 버리지 못한 그 꼴이 안쓰럽게까지
보였다.

"그만 내 앞에서 꺼져라."

"제자들에게서 지도를 모두 되찾아, 교주께 바치겠습니
다."

놈은 짧은 포권과 함께 뒷걸음으로 나갔다.

아마도 지금을 끝으로 놈과 다시 마주치는 일이 없을 거
다.

제자들과 함께 비급을 찾으면 찾는 대로 자취를 감출 테

고, 자질이 뛰어나 가짜 탈혼심법의 성취가 빠르게 오를수록
절명할 순간도 빠르게 찾아올 테니 말이다.

*　　　*　　　*

　그날 밤.

　자하라가 나를 찾는다는 전갈을 받고 술탄의 침실로 향했
다.

　침실 문을 지키고 있는 아무도 없었고, 오히려 침실 문이
약간 열려 있기까지 했다. 그 사이로 처음 맡아보는 나쁘지
않은 향과 함께 연기가 새어 나오고 있었다. 문을 열고 들어
갔다.

　그러자 안개처럼 가득 찬 연기 속으로, 나신으로 서 있는
한 여체(女體)가 아련하게 펼쳐졌다.

　풍만한 가슴과 잘록하게 들어간 허리 그리고 부드러운 곡
선을 자아내는 골반과 미끄럽게 뻗어 내려간 다리.

　그러한 형체가 아슬아슬하게 보였다.

　여체의 주인공은 침대로 요염하게 걸어가 비스듬하게 누
웠다.

　가늘한 팔 하나가 부드럽게 연기 안개를 뚫고 나와 집게
손가락을 까닥였다.

"이리로."

아련한 목소리가 사방에서 울리는 듯했다.

"출병 준비는 마쳤나?"

그녀의 그림자가 천천히 고개를 끄덕였다.

나는 옷가지를 벗어 한쪽에 개어 놓았다. 연기 안개를 뚫고 침대에 걸터앉았다.

기다렸다는 듯이 두 팔이 미끄러지며 들어와 내 목을 감쌌다. 등으로는 가슴 끝이 살짝 닿았고 귓가로는 따뜻한 숨결이 쌕쌕거리기 시작했다.

"수련을 시작하지."

*　　　*　　　*

말을 탄 이슬람 병사들이 질서정연하게 대열해 있었다. 자하라의 출진 명령이 떨어지자, 모두가 하늘을 찌를 듯 병기를 높게 치켜들었다.

휘어진 칼날과 독수리의 부리보다 날카로운 화살촉들은 반사광(反射光)을 번쩍여대면서 위용스런 장관을 펼쳤다.

마슈하드의 모든 백성들이 성문 밖까지 나와 그들의 군대에게 신의 축복을 빌었다.

나는 자하라와 함께 그녀의 코끼리 위에 있었다. 정확히는 코끼리 등 위에 고정시켜 놓은 개방형 방 안이었다.

동방에서 건너왔다는 비단으로 커튼을 치고, 중앙에 침대를 올려놓은 뒤 아라베스크 문양이 박힌 양탄자를 깔았다.

자하라가 푹신한 등받이에 비스듬히 몸을 기대며 이쪽을 바라봤다. 나와 단둘이 아닌, 나디아와 같이 있는 것이 꽤 못마땅한지 나디아를 바라보는 시선이 여간 매서운 게 아니었다.

"붉은 사막의 왕께선 꼭 노예를 데리고 타셔야 하나요?"

어젯밤의 동침 이후로 자하라의 태도가 미묘하게 바뀌었다.

그녀의 얼굴 위로, 절정을 터트렸던 어젯밤의 얼굴이 겹쳐 보였다.

살짝 찌푸려진 눈썹에 바르르 떨리는 아랫입술 그리고 빨갛게 여문 두 뺨.

나는 피식 웃었다.

"저자들 사이에서 무슨 봉변을 당하라고?"

거친 이슬람 병사들을 눈짓해 가리켰다.

"그렇다면 하는 수 없지요. 다 같이 하는 수밖에……."

그러면서 자하라는 살짝 틈이 벌어져 있던 커튼을 완전히 닫았다.

그 순간, 옆에서 부스럭거리는 소리가 들렸다. 나디아였다. 그쪽으로 시선을 돌리자 나디아가 벌써 상의를 반쯤 내리고 있었다.

그녀는 갑작스런 내 시선에 부끄러운 기색을 비추는 듯하면서도 옷 벗는 걸 멈추지 않았다.

상의가 그녀의 허리에서 흘러 내려왔다.

땀방울 하나가 봉긋한 가슴과 잘록한 허리의 곡선을 따라 주르륵 흘렀다. 마치 보석처럼 반짝이면서 투명함까지 머금고 있었다.

"나디아라고 하였던가? 그나마 눈치는 괜찮군."

자하라가 말했다.

"술탄께 칭찬받을 일은 아닙니다. 주인님의 수련을 돕는 일이니까요."

나디아가 조곤조곤한 목소리와 함께 똑 부러진 태도로 대답했다.

어지간해서는 모두의 경외를 받고 있는 살라딘에게 그리 말하지 못할 것인데, 나디아의 여장부다운 성격이 한몫하는 것 같았다.

"할라를 수련한 적이 있느냐?"

자하라가 가소롭다는 듯이 짧게 웃으며 반문했다.

"어떤 식인지는 알고 있어요."

"남자와 자 본 적은?"

"없습니다."

자하라가 음흉한 미소와 함께 나를 넘어, 나디아의 바로 옆으로 자리를 옮겼다. 나디아는 뭔가를 큰 각오를 한 사람처럼 다부진 표정을 지었다.

자하라의 손길이 그녀에게 닿아도 한 번 움찔거렸을 뿐, 특별히 겁먹거나 하지는 않았다.

"여태껏 처녀란 말이지? 그간 억눌러 왔던 만큼, 네게 기대를 해도 되겠지?"

자하라가 한 손으로 나디아의 가슴을 강하게 움켜쥐며 물었다.

"헉."

나디아의 입에서 짧은 신음소리가 터졌다.

"주……. 주인님과 술탄께 방해가 되지 않도록 노력하겠습니다."

자하라는 꺄르르 웃으면서 제자리로 돌아왔다.

그러니까 자하라, 나, 나디아 순으로 누워 있는 상태였다.

"붉은 사막의 왕께선 귀여운 노예를 두셨군요. 마음에 들어요. 저것보다 아름다운 것들로 다섯을 드릴 테니 바꾸실 의양이 있으신가요?"

"나디아는 주인님께 종속되어 있습니다만, 거래가 가능한 천한 것들과는 다릅니다."

내 옆에서 나디아가 바로 발끈했다.

이 땅에는 노예가 세 부류로 나뉜다.

하나는 노예의 자식으로 태생부터 노예가 된 경우와 어렸을 적에 부모에 의해 팔려 노예가 된 경우. 다른 하나는 큰 죄를 짓거나 큰 빚을 져서 노예가 된 경우. 그리고 마지막 하나는 나디아와 같이 율법에 의해 구명자(求命子)에게 종속되어 버린 경우다.

처음부터 내가 그녀를 거둬들이길 거부했다면 그녀는 노예 상인에게 팔려갔을 테지만, 내가 거둬들인 이상 나는 그녀가 내게 종속되어 버린 것처럼 나 역시 그녀를 책임져야 할 의무가 생겼다. 당연히 매매 또한 가능치 않다.

이 땅의 재미있는 율법이다.

"나는 살라딘. 율법에서 벗어났다."

자하라가 별일 아니라는 듯이 대꾸했고, 나디아는 입을 다물었다.

"할라 수련은 음양(陰陽)의 교접으로 이루어지는 만큼, 네게는 여자가 필요 없을 텐데?"

"취향과 수련과는 별개인 거죠. 나는 저것처럼 대찬 것이 좋습니다."

할라 수련의 전통성 때문일까. 이쪽의 성 가치관은 감히 난잡하다고 할 수 있을 만큼이나 너무 개방되어 버렸다.

자하라는 한 점 부끄럼 없다는 듯 뻔뻔하게 대답했다. 나는 그런 그녀를 무시하고는 나디아에게로 시선을 돌렸다.

―원치 않는다면 수련에 동참하지 않아도 된다. 빈말이 아니다.

나디아에게 의념을 보냈다.

"주인님께 보탬이 되길 원합니다."

나디아는 조금도 흔들림이 없었다.

오히려 그녀는 코끼리의 움직임에 의해 살짝살짝 흔들리는 침대 위에서도 무게를 잡고 일어나, 보란 듯이 하의를 벗기 시작했다.

그렇게 밤낮 가리지 않은 칠 일간의 수련이 시작됐다.

*　　　*　　　*

나는 열십(十)자로 반듯이 누워 있었다. 실오라기 하나 걸치지 않은 나디아와 자하라가 내 팔을 하나씩 차지하여 품에 안겨 있었다.

나디아는 완전히 지쳐 금방 잠에 빠져들었지만 우리는 그렇지 않았다.

나와 자하라는 반개(半開)한 눈으로 흔들리는 천장을 멍하니 바라보고 있었다. 시간을 잊은 채 원기의 흐름 속에 빠져

든 상태였다.

한 번 수련을 시작하면 해가 떴던 순간부터 해가 질 무렵까지 멈추지 않았다. 그래도 할라 수련법이 가진 신비로운 능력 덕분에 정력의 고갈은 없었다.

오히려 대장정이라고도 칭할 수 있을 성교가 끝났을 때에는 원기의 흐름이 더 또렷해지고 강해졌다.

8만 8천 개의 할라들이 활어(活魚)처럼 날뛰면서 원기를 힘있게 돌렸다.

그중에서도 내가 중심축으로 삼은 중완의 할라는 마치 단전이 열린 듯한 착각이 들 정도로 강력한 분출력을 자랑했다.

내공을 주천(周天)할 때와는 분명히 다른 감각들이 내 몸 안에서 깨어나고 있음을 느꼈다.

"자하라."

"역시 당신은……. 내 기대를 충족시켜 주는군요."

자하라가 내 쪽으로 고개를 돌렸다. 그녀는 뭔가에 취한 듯한 몽롱한 눈을 하고 있었다. 아마도 지금 내 눈 또한 달리 보이지 않을 것이다.

자하라는 내 가슴을 더듬으면서 나를 빤히 쳐다보았다.

"나는 미간의 할라, 그러니까 '세 번째 눈'을 개발하길 원한다. 하지만 어쩐 일인지 가슴 중앙의 할라가 개발되고 있는 중이다."

할라 수련이 저질(低質)의 밤 기술에 국한된 것이 아니라 음양 화합의 대우주의 진리를 실현하는 것이니만큼, 그 성과에 대해선 만족하고 있다.

지금 내 몸에서 강하게 회전하고 있는 원기의 흐름이 그걸 증명하고 있다.

그러나 어쩐 일인지 8만 8천 개의 할라 중 중추 그러니까, 심장 역할을 할 할라가 영적인 능력을 담당하는 미간 쪽이 아닌 완력을 담당하는 가슴 중앙 쪽의 할라로 개발되고 있었다.

정작 내가 바라는 것은 자하라와 같은 영적인 능력을 가지는 것이었는데 말이다.

"우리 모두 태어날 때 사명을 가지고 태어나죠. 당신은 전사의 사명을 가지고 태어난 거죠. 아무리 당신이 8만 8천 개의 할라 모두를 느끼고 다룰 수 있다 해도, 마음대로 하지 못하는 게 그거죠."

자하라가 눈웃음 지으며 말했다. 나는 내 하반부로 향하고 있던 그녀의 손길을 저지하면서 천천히 상체를 일으켰다.

"아쉬운가요? 세 번째 눈을 키우지 못해서?"

"……."

"모든 할라를 느낀다는 당신의 말이 사실이라면, '신의

칼'이 벼려지면 벼려질수록 세 번째 눈도 다소 성취가 있을
테지요."

자하라는 중완의 할라를 신의 칼이라고 지칭했다.

이미 무력은 충분하다. 그래서 영적인 능력을 원했던 것이
라 아쉬움은 있지만 실망스러울 정도는 아니었다.

십이양공 십이성의 벽을 깨기 위해 할라를 수련하는 것이
지, 세 번째 눈이 주목적이 아니기 때문이다.

그쯤에서 생각을 접고 내가 상대해야 할 자에 대해 물었
다.

"무트타르도 전사의 사명을 타고 난 자죠."

"신의 칼을 수련하고 있다는 것인가?"

자하라가 고개를 끄덕였다.

자하라만 하더라도 완력이 아닌 영적인 능력을 깨우는 할
라를 개발하였는데도, 원기의 흐름만으로 초인적인 신체 능
력을 겸비하게 되었다.

하물며 살라딘 무트타르는 본격적으로 전사의 수련을 하
고 있는 중이었다.

"속을 알 수 없다는 건 흥미롭네요. 어떤 생각이 당신의
그런 표정을 만드는 거지요?"

자하라가 내 얼굴을 응시하며 물었다.

"내가 밑지는 거래를 한 것 같단 말이지."

"당신의 사람들을 찾고, 내 모든 지원을 받아 붉은 사막을 되찾을 수 있는데도 말인가요? 어차피 테헤란은 파사로 가는 길 위에 있답니다. 지나치는 길에 잠깐 들려서 당신이 내게 했던 짓을 한! 번! 더! 하는 것뿐, 붉은 사막의 왕께선 밑지는 게 없습니다."

"그렇게 안 봤는데 뒤끝이 있어."

"그렇지 않은 사람이 있을까요."

자하라가 꺄르르, 자지러지게 웃더니 슬그머니 내 하반신을 향해 기어가기 시작했다. 인체미(人體美)가 무엇인지 증명하려는 듯한 몸짓으로 말이다.

매끈한 등에서 허리로 들어가 엉덩이로 올라가는 곡선을 타고 반들반들한 윤기가 흘렀다. 그녀는 문득 나를 돌아보며 씩 웃더니 이불 안으로 쏙 들어가 버렸다.

여러 번 겪은 일임에도 불구하고 야릇한 기대감으로 온몸이 또다시 반응하려는 바로 그때.

부우우.

코끼리의 커다란 울음소리와 함께 방이 크게 기울어졌다.

"꺄!"

미끄러지던 나디아의 손목을 낚아챘다.

나디아가 놀란 눈을 부릅떴다. 그녀의 발이 허공에서 대롱거렸다.

무슨 일 때문인지 코끼리가 갑자기 날뛰기 시작했다. 이리저리 흔들리는 침대 위에서 나는 나디아를 끌어 올렸다.

밑에서는 기마대가 코끼리의 거대한 발길질을 피해 이리저리 뛰어다니고 있었다. 술탄과 술탄의 손님이 탄 코끼리라서 차마 공격은 하지 못하는 통에 그들의 움직임이 더 부산해졌다.

자하라가 방에서 나가 코끼리의 목에 올라탔다. 그러던 잠시 후 코끼리는 언제 그랬냐는 듯 온순한 상태로 되돌아갔다.

자하라가 돌아왔다.

완전히 흐트러진 침대 위를 바라보는 자하라의 표정이 좋지 않았다. 그녀는 신경질적으로 침대에 걸터앉으며 입을 열었다.

"벌써 눈치챘군요."

"무트타르가?"

자하라의 고개가 설레설레 저어졌다.

"그자가 섬기는 마신이 우리를 눈치챘어요."

제2장

살라딘 무트타르

　자하라는 죽은 듯이 누워만 있었다.

　무트타르의 마신과 접촉을 시도하겠다고 말한 뒤부터였
다. 그녀의 나신 위에 얇은 이불을 덮어 준 후, 나디아와
나도 옷을 입었다.

　잠시 후 마신의 의식 속에서 돌아온 자하라가 눈을 떴
다. 그녀의 표정에서 일이 계획대로 풀리지 않고 있다는
것을 느꼈다.

　"테헤란 북동쪽에 다마반드라는 산이 있어요. 계획대
로였다면 삼 일 뒤 정오에, 당신은 거기에서 무트타르와
싸우게 됐겠죠. 무트타르는 '신의 칼'로 살라딘의 칭호

를 얻은 자. 동방에서 온 강자와의 대결을 피할 리가 없을 테니까요. 동방에서 제일 강한 전사를 꺾고, 그자의 육신과 피를 마신께 바칠 수 있는 기회가 흔한 것은 결코 아니죠."

"그런데?"

"무트타르가 섬기는 마신은……."

자하라는 말꼬리를 흐리며 내 등에 묶인 흑천마검을 바라봤다.

"무트타르의 마신은 아마르께서, 아니 아마르가 어떻게 소멸되었는지 알고 있었어요."

"아마르? 아아."

흑천마검이 삼켜버린 '붉은 눈 악마'를 말하는 모양이다.

하늘에 박혀 있던 거대한 눈이 그보다 더 거대한 입 안에 삼켜 들어가던 광경이 아직도 잊혀지지 않는다.

흑천마검에게 이쪽 세상의 마신들은 일개 사냥감에 지나지 않았다.

아무래도 그럴 수밖에 없던 것이 흑천마검은 반으로 쪼개져 한낱 인간에게 종속되고만 신세라고 해도, 한때는 시공을 초월하여 존재하였던 신이었기 때문이다.

"그래서?"

내가 물었다.

"저를 아라비아 민족의 반역자라고 하더군요. 믿겨져요? 마신께서 그리 말씀하시다니. 위대하게 존재하신 분께서 한낱 인간처럼 얄팍한 속내를 드러내시다니. 크흐흐. 크흐흐흐흐. 꺄하하하!"

자하라가 갑자기 미친 듯이 웃기 시작했다.

정말로 미친 게 아닐까 싶을 정도로 자지러지도록 웃는 그 모습에 나디아가 불안한 눈빛으로 나를 쳐다봤다.

자하라는 숨을 헐떡이면서까지 웃음을 참지 못했다.

이윽고 간신히 웃음을 짓누른 그녀가 입 주위에 흥건한 침을 손등으로 쓰윽 닦으며 말했다.

"크흐흐. 그렇게 대단한 척하더니만, 그들도 결국에는 더 큰 존재 앞에서 겁에 질리는 우리와 똑같은 존재였던 거죠."

"무트타르의 마신이 겁을 먹었다. 그래서 달라지는 게 뭐지?"

"마신은 그렇지 않은 척해도 나는 느낄 수 있었죠. 마신이 느끼는 공포를……. 마신은 도망칠 거예요. 가능한 멀리. 먹히지 않을 곳으로."

흑천마검이 인간형으로 모습을 드러낸 건 바로 그때였다.

스으윽.

긴 머리카락이 내 뺨을 스치고 지나갔다. 녀석의 어깨 너머로 나신으로 일어섰다가 넙죽 엎드리는 자하라의 모습이 보였다.

흑천마검이 자하라에게 인간형이 된 제 모습을 보인 것인지, 아니면 그런 것 없이 자하라가 꿰뚫어 본 것인지는 모른다.

분명한 건 자하라가 인간형으로 나타난 흑천마검을 볼 수 있다는 것이었다.

"'마신들의 술탄'께 자하라가 인사 올립니다."

자하라가 엎드린 채로 말했다.

그러거나 말거나.

흑천마검은 자하라에게 조금도 시선을 주지 않고 내게 무언의 메시지를 보냈다.

나는 고개를 끄덕였고, 녀석은 음산한 한기(寒氣)만을 남긴 채 창밖으로 사라져버렸다.

"갔어."

내가 말했다.

"크흐흐."

어떻게 된 일인지 눈치챈 자하라는 이상한 웃음소리를 냈다.

자하라는 천천히 몸을 일으켜 흑천마검이 사라진 창 쪽으로 시선을 돌렸다. 흑천마검이 무트타르의 마신을 사냥하러 떠난 방향이었다.

"무트타르의 마신도 그분의 뱃속으로 사라지겠군요. 설마 놓치진 않겠죠?"

그럴 리가 있겠어?

나는 그런 식으로 어깨를 으쓱였다.

"네가 무트타르와 놈의 마신을 다마반드 산으로 꾀어내면, 우리가 그것들을 상대하는 사이 네가 군대를 이끌고 테헤란을 치기로 했지. 그런데 달라졌어."

"무트타르, 그자는 농성(籠城)을 할 테죠. 계획이 달라지긴 했지만 결과는 달라질 일이 없죠. 나는 테헤란을 가지고, 당신은 나와 함께 바그다드로 가는 겁니다."

하지만 놈은 우리의 예상과는 달리 혈혈단신(子子單身)으로 우리 앞에 나타났다.

마슈하드를 떠난 지 삼 일, 그러니까 테헤란까지 아직 채 절반도 가지 않은 어느 날이었다.

*　　　*　　　*

그날도 환락(歡樂)의 절정에 치닫고 있는 두 여자의 신음소리가 그치지 않았다.

우리는 태어났을 때의 모습 그대로 한 몸이 되어 있었다.

보드란 가슴이 내 등을 스치고, 매끈한 다리들이 내 몸을 감쌌다.

내가 강하게 밀어붙이자 내 품에 안겨 있던 여인은 교성(嬌聲)과 함께 있는 힘껏 나를 껴안았다. 내 등에 매달려 제 몸을 비비적거리고 있던 여인 또한 우리가 만든 절정에 합류했다.

앞에서도 뒤에서도 간드러진 여인의 신음 소리가 울렸다.

누가 나디아고 누가 자하라인지 잊었다.

우리는 그저 양(陽)과 음(陰), 자연의 일부였다.

쾌락(快諾)이 화산의 용암처럼 저 끝에서부터 치솟아 올랐다.

바로 이 순간이 할라 수련에 있어서 가장 중요한 순간이었다.

폭발력 있게 정수리로 치솟아 올라가는 성 에너지의 흐름을 따라 원기를 내맡기고, 자하라의 할라 수련법에 따라 할라의 펌프질 세기를 조절했다.

반개한 눈에는 초점이 없었다. 그렇게 바깥은 흐릿했으

나, 내 안의 우주는 그 어느 때보다 또렷하게 느껴졌다.

숭고하리만큼 평온한 이 기분을 벗어나고 싶지 않았다.

그런데 불청객이 있었다.

"그자인가? 무트타르?"

나는 얼굴을 일그러트리며 물었다.

"나도 마주한 적은 없어요. 하지만 이런 느낌은 그자밖에 없겠죠. 기대 이상으로 멍청한 자군요. 군대를 이끌고 와도 필패인거늘……."

자하라와 나는 동시에 상체를 일으켰다.

코끼리는 움직이지 않고 있었고 밖은 시끄러웠다. 자하라는 속이 훤히 비치는 얇은 가운을 대충 걸친 후 커튼을 걷었다.

고원 위였다.

그렇게 멀지 않은 전방의 풀밭에서 자하라의 기마대가 일사분란하게 달리고 있었다.

선봉에서 길을 트고 있었던 부대였다. 그런데 일천이 넘는 수로도 단 한 명의 적을 상대로 분투하고 있었다.

무트타르의 쌍도(雙刀)가 빛을 번쩍이면 어김없이 열 마리가 넘는 말들이 고꾸라져 넘어졌다. 기마병 오십으로 이뤄진 별동대가 전속력으로 치고 들어왔어도, 뿌연 먼지가 걷히자 그자는 오롯이 서 있었다.

무트타르는 조금도 서두르지 않았다. 다급해 보이는 건 오히려 그를 상대하고 있는 선봉대였다.

"뭐하는 짓일까요?"

자하라가 말했다. 죽어가고 있는 병사들보다도, 단신으로 우리를 막아선 무트타르의 처지가 더 딱하다는 듯이 말이다.

"놈이 병사들을 가지고 놀고 있어. 의미 없는 희생은 이쯤에서 집어치우지?"

"조금 더 보지 않고요? 잘 봐둬요. 당신이 쓰러트려야 할 자니까."

"조금도 도움이 안 돼. 저자가 숨긴 힘을 끌어내려면, 네 모든 부대를 투입 시켜야할걸? 병사들을 모두 잃고 싶은 건 아니겠지?"

"아무래도 그렇죠."

자하라는 창밖으로 손을 쓰윽 저어 보였다.

부우우.

퇴각을 알리는 뿔피리 소리들이 울렸다. 몇 개로 찢어져 있던 선봉대는 놈을 크게 돌아 하나로 합쳐져 돌아왔다.

많은 병사가 죽었다.

아직도 숨이 붙어 있는 말들은 허공에 대고 힘없이 허

우적거렸다. 무트타르는 그런 말들을 하나하나 찾아 목에 칼을 박고 다니기 시작했다. 시각을 키우자 말들의 목숨을 거두고 있는 놈의 얼굴이 선명하게 보였다.

말 목에 칼을 꽂아 넣었다가 뺐을 때, 그의 눈동자 위로 슬픈 빛이 스치고 지나갔다. 심성이 나쁘지는 않은 것 같았다.

"기다려 봐요."

자하라는 그 말을 던진 뒤 창밖으로 몸을 날렸다.

자하라의 얇은 가운이 나비 날개처럼 나풀거렸다. 그녀는 곡선을 그리며 무트타르 앞으로 착지했다. 소란스럽던 병사들은 숨죽인 채 풀밭 위에 대면한 두 살라딘을 집중하기 시작했다.

"테헤란은 포기한 것인가?"

자하라가 먼저 말문을 열었다.

그러나 그는 자하라를 무시한 채 내 쪽을 응시하면서 말했다.

"동방의 붉은 사막에서 오신 분은 들으시오. 나는 대충 몸을 풀어 두었소. 붉은 사막의 왕께도 몸을 풀 시간을 주겠소. 얼마든지 좋으니까 준비가 되는 대로 나오도록 하시오. 나는 이 자리에서 기다리면서 당신과의 결전을 고대하고 있겠소."

반로환동(返老還童)이라도 한 것일까.

외모로만 보자면 그는 이십 대 초중반의 쾌남형이었다. 하지만 외모와는 달리 그에게서 풍겨 나오는 전반적인 분위기는 득도한 승려와 같았다.

"그리고 마슈하드의 술탄께서는 그만 돌아가시오. 내 안의 신께선 '어느 영악한 계집의 목을 꺾어 버리라' 계속 말하고 있단 말이오. 다시는 지금 같은 기회가 없을 거라면서……."

과연 자하라를 노려보는 그의 눈빛이 심상치 않았다. 금방이라도 우악스럽게 달려들 것만 같았는데, 자하라는 오히려 더 깔깔거리며 웃었다.

"하하! 그리 못할 것 같소? 내 검은 생각보다 빠르게 움직인다오. 시험해 보시겠소?"

"나를 죽이면 당신의 상대는 붉은 사막의 왕이 아니라, 당신 앞에 있는 나의 병사들이야. 신의 칼을 벼리고 벼린 당신이라도 저 많은 병사들과 싸울 수 있을까. 단신으로? 대체 무슨 생각으로 혼자서 우리를 막아선 거지? 아아. 그렇군. 그랬어."

"원하는 것은 단 하나! 동방의 제일 강자와 대결하는 것뿐! 선지자는 내 상대가 될 수 없소. 나는 전사와 싸우겠소."

그것을 끝으로 무트타르는 입을 다물어 버렸다.

자하라 앞에서는 결코 입을 열지 않겠다는 듯한 결연한 표정이었다.

말 속에서 생각을 읽어 버리는 사람을 상대로, 계속 말을 하고 있는 것만큼이나 어리석은 것이 없다는 듯이 말이다.

"저자의 목을 가지고 돌아오세요."

자하라가 돌아와 말했다.

그래도 내가 움직이지 않자, 자하라는 한마디 더 덧붙였다.

"나는 이미 우리 계파의 수련법을 당신에게 전수했어요. 우리 거래를 잊지 말아요."

"저자는 살라딘 중에서 가장 강한 자인가?"

"왜요. 설마 저자가 두려운 건 아니겠죠?"

나는 무트타르와의 결전이 절대 쉽지 않을 것이란 것을 직감하고 있었다.

그는 나에 견주어 결코 뒤떨어지지 않는 무인이다.

"가장 강하냐는 건 어폐가 있어요. 어떻게 싸우냐에 따라 승패가 갈라지겠죠. 하지만 지금처럼 일대일로 정면 승부를 가린다? 그러면 무트타르가 제일 강하겠지만요."

무트타르와의 싸움은 목숨을 걸어야 할 만큼 위험한 일

이었던 것이다.

"그러니까 결국 넌……. 날 속였던 거로군."

화악.

자하라의 목을 움켜잡아 내 얼굴 가까이 끌어당겼다.

*　　　*　　　*

"속였다니. 내가 당신을 속였다고요?"

자하라가 내 팔을 뿌리치며 말했다.

무트타르에 대해 아는 게 아무것도 없다던 그녀의 말은 거짓이었다.

무트타르가 신의 칼을 수련하고 있다는 것도, 실질적으로 그가 이슬람 제국에서 가장 강한 무인(武人)이라는 사실을 숨겼다.

"평상시였다면 저자와의 싸움을 반겼을 테지. 하지만 나는 잃어버린 내 백성들을 찾으러 온 군주(君主)이지, 무인으로서 온 게 아니다."

나라고 호승심이 없을까. 이들의 무공이 강한지, 동방의 무림이 강한지 우열을 가리고 싶은 마음이 없을까.

하지만 지금은 아니다.

흑웅혈마와 십만에 육박한 교도들의 안위가 확인되기

전까지는 위험을 감수하면서까지 싸워서는 아니 된다.

"아아. 그건가요? 우습지도 않군요."

자하라가 나를 노려보며 계속 말했다.

"며칠 전, 나는 당신과 무트타르의 대결을 먼저 보았어요. 여기에서 말이죠."

자하라는 미간 사이에 집게손가락을 가져다 댔다.

"앞날을 보았다는 말인가?"

"그래요. 무트타르가 신의 칼을 수련하고 있다는 것도 그때 알았죠."

"거래 후에 말인가?"

"당연하죠."

"그럼 왜 말하지 않았던 것이지?"

순간 자하라의 눈매가 날카로워졌다.

"당신을 '카이파'로 예우하고 있는 내 모습이 보이지 않나요? 당신은 그런 나를 합당한 예우로 대하지 못할망정. 그래요. 먼 동방에서 온 당신에게 거기까지는 바라지 않아요. 이 내가 당신의 하수인이라는. 그런 식으로만 말하지 말아요."

카이파?

설마 연인이라거나 그 비슷한 의미를 뜻하는 건 아니겠지?

그 생각이 내 얼굴 위로 드러났는지 자하라의 표정이
더 딱딱하게 굳어졌다.

"내 남편이 될 자는 나를 존경하고 내조를 할 수 있는
자이지, 당신은 절대 아니죠. 내가 일백 년을 넘게 살아왔
다고 말했던가요? 그 세월 동안 나는 이로 셀 수 없을 만
큼 많은 이들과 수련을 했어요. 하지만 그 많은 남자들은
내게 종마로 있었던 것이지, 내게 카이파로 인정받은 이
는 단 한 명도 없었죠."

그제야 나는 카이파가 무엇을 뜻하는지 감이 잡혔다.

"나는 당신을 내 영적 수련의 동반자로 인정하고, 그렇
게 예우하고 있어요. 그걸 느끼지 못했을 리가 없죠. 이
내가 이토록 상냥하게 대하는데."

"그래서 하고 싶은 말이 뭐지?"

"산화혈녀. 이 나를 그것처럼 보지 말아요. 당신을 카
이파로 받아들이기 전에는 당신이 나를 어떻게 보든 상관
이 없었지만, 지금은 아니니까요. 당신은 이 내가 처음으
로 받아들인 카이파예요. 내가 당신을 속이거나 기만하는
일은 절대 없을 겁니다. 다신 가당치 않은 오해로 나를 모
욕하지 말아요."

차분한 어투와는 다르게, 자하라의 눈에는 살의(殺意)가
분명한 섬뜩한 기운이 머금어져 있었다.

그녀의 말이 사실이라는 가정하에 어느 정도 이해가 되는바, 나는 코웃음을 친 뒤 창밖으로 고개를 돌렸다.

무트타르가 일신(一身)으로 대군을 가로막은 채 거대한 곡도(曲刀), 시미타 두 자루를 땅에 박고 서 있는 광경이 한눈에 들어왔다.

"싸움을 피하고 싶은가요? 하지만 거래는 거래."

자하라가 물었다.

"저자와의 싸움이 부담된다면 그분께 부탁을 해 보세요."

"흑천마검의 힘을 빌리라고? 내 기억을 전부 봤다면 그런 말을 하지 못할 텐데?"

"당신은 '절대 싫다' 하겠지만, 그만큼 확실한 일도 없을 테죠. 어쨌든 당신은 무트타르와 싸울 수밖에 없어요. 그게 내가 본 앞날이에요."

"미래가 정해져 있다는 걸 믿는 자들이 있긴 하지. 하지만 난 아냐."

"내 예지는 틀린 적이 거의 없어요."

"거의?"

"인과율(因果律)에 정통한 자가 간섭한다면 앞날이 달라지겠죠. 그런데 그런 일은 일어나지 않을 테니, 당신은 무트타르와 싸울 준비를 하는 게 좋을 거예요."

"자리를 피한다면?"

"시험해 보세요. 당신이 어떤 식으로 행동하든 그조차도 예정된 미래. 내가 본 앞날은 바뀌지 않을 테니까요."

자하라가 강한 자신감을 내비치며 말했다.

"그럼 내가 이기나? 아니, 이겨도 운신할 수 없을 정도로 치명상을 입는다면 아무런 소용이 없어. 어떻게 되지? 앞날을 봤다면 어디 한번 말해봐."

"큭."

자하라가 기분 나쁜 웃음을 터트렸다.

"보고자 하는 모든 걸 볼 수 있는 존재는 오로지 신밖에 없죠."

*　　*　　*

코끼리 등 위에서 뛰어내렸다.

좌아아.

시선을 가득 가린 채 대열해 있던 이슬람 기마병들이 모세가 기적을 부린 것처럼 좌우로 갈라섰다. 병사들이 만든 길 너머, 일직선 끝으로 바위산 같은 존재가 자리하고 있었다.

그 이름은 무트타르.

이슬람 제국에서 가장 강한 무인이다.

나는 병사들이 비켜선 길로 진입했다. 병사들의 술렁거림이 점점 커져가는 가운데, 문득 무트타르의 신형이 사라졌다가 빠르게 나타났다.

길 맞은편 초입, 그러니까 기마병들이 만들고 있는 진형 바로 앞에 서였다. 갑자기 나타난 거구(巨軀)의 사나이에 말들이 놀라서 히이잉거렸다.

무트타르는 적진 안을 아무런 거리낌 없이 걸어 들어왔다.

기마병들은 몹시 놀랐지만 신속하게 움직여 그를 포위했다. 그러나 술탄의 코끼리 위에서 포위를 해제하라는 지시가 떨어졌다.

기마병들이 다시 좌우로 비켜서면서 만들어진 길 위로 나와 무트타르는 정면으로 마주하게 되었다.

그러던 문득, 무트타르가 밝은 햇살 같은 환한 미소와 함께 양팔을 펴면서 걸어오는 것이었다.

"붉은 사막의 왕이여. 신께서 그대를 내게 인도하셨소."

예기치 못한 반응이었다. 그런데 그러한 그의 행동에서 어떤 계략이나 사심이 느껴지지 않았다. 그는 진솔했다. 그래서 걸어온 그대로 나를 껴안으려는 그의 행동을 제지

하지 않았다.

단단한 가슴끼리 서로 맞닿았고, 우리는 서로의 등을 가볍게 토닥였다.

"적을 환대로 맞이한 그대의 배포에 몹시 감탄하였습니다."

내가 말했다.

하지만 그는 내 말을 알아듣지 못하는 눈치였다. 역시나 그는 자하라와 같은 능력이 없었다. 나는 의념으로 바꿔 전달했다.

그러자 무트타르의 놀란 눈이 몇 번이나 깜박여댔다.

"오! 잘 되었소. 세 번째 눈으로 내 안을 들여다보시겠소? 하면 당신과 같은 진정한 맞수를 얼마나 오랜 세월 기다려왔는지 아실 것이오."

—기회가 되어 할라를 조금 수련한 것뿐, 의식을 관조(觀照)할 만한 능력은 없습니다.

무트타르는 진심으로 안타까운 표정을 지었다. 그러면서 그는 진형에서 벗어난 초원 쪽으로 몸을 돌렸다. 우리는 나란히 걸어 나갔다.

"옴무드께서 나를 떠나기 전, 당신에 대해 알려 주었소."

—옴무드라면 그대가 섬기던 마신을 말하는 겁니까?

"감사하다고는 하지 않겠소. 나는 마신으로부터 자유로워졌어도, 테헤란을 잃을 테니 말이오."

—자하라도 마신을 잃었긴 마찬가지입니다. 그대는 아직 자하라와 동등합니다. 나는 이번 결투를 끝으로 당신들의 전쟁에 간여하지 않을 겁니다.

"그렇다고 달라지는 것은 없소. 어찌 됐든 내게 테헤란은 없소. 당신을 쓰러트리고 나디아의 군대를 막아도. 옴무드께선 나샤마와 슐레이만의 마신들을 언급하였소. 옴무드께서 그들을 데리고 오실 테니 말이오."

—그대들에게 마신은 대체 무엇입니까?

"신께서 용납하셨다시피, 마신들은 우리를 통해 세상을 보는 대신, 악마들로부터 우리의 땅을 지켜 주지요. 당신이 온 곳은 다르오?

—내가 있던 곳에는 마신이 없습니다. 악마라는 것도 없습니다. 있다면 영물.

그 영물들마저도 흑천마검이 모조리 먹어 치웠지만 말이다.

"그게 무슨 말이오. 당신은 '마신들의 술탄'을 섬기고 있지 않소?"

장난치지 마.

무트타르가 그런 식으로 악감정 하나 없는 얼굴로 작은

미소를 지었다. 그는 마치 나를 오래된 친구처럼 대하고
있었다.

—설명하자면 깁니다. 내가 온 곳과 이곳이 무척 다른
것만큼이나.

무트타르는 이해했다는 듯이 고개를 끄덕였다.

"동방에서 온 상단들을 내 궁으로 초빙한 적이 있었소.
그들이 하나같이 말하더이다. '무림'이라 불리는 전사들
의 전쟁터에서 가장 강한 이가 바로 당신이라고. 그때부
터 나는 당신과의 승부를 고대하고 있었소."

—그렇습니까?

나는 소리 없이 웃었다.

"나는 무척이나 기쁘다오. 감히 당신을 꺾게 된다면,
테헤란으로 억압된 술탄의 사명을 벗어 버리고 전사로 살
수 있을 테니 말이오. 하지만 만일 당신이 나를 꺾게 된다
면 내 부탁 하나 들어주시오."

—무엇입니까.

"전대 테헤란의 술탄이자 살라딘이셨던 분은 나의 스승
이자 카이파였소."

나는 무트타르가 전대 살라딘을 누르고 살라딘의 칭호
를 얻었다는 사실을 기억해 냈다.

"일평생 동안 수많은 전사들이 그분과 내게 도전을 해

왔소. 그러다 우리에게 도전을 해오는 자가 없게 되었을 때에는, 우리가 직접 찾아다녔소. 그렇게 몇 해를 보내니 더 이상 우리와 겨룰 상대는 남아 있지 않았소."

—다른 살라딘들과는 겨루지 않았습니까?

"만인의 경외를 받고 있다고 해서, 전사가 아닌 자를 전사라 할 수 없지요."

나는 고개를 끄덕였다.

"누가 제일 강한지. 우리는 알고 싶었소. 남은 것은 그분과 나의 승부뿐이었소. 그리고 보다시피 이 자리에 당신과 마주하고 있는 이는 바로 나, 무트타르지만……."

어쩐지 그의 눈빛이 씁쓸하게 변했다.

"그분께선 그 누구보다, 심지어는 본인보다도 나를 아끼셨소."

—그대의 스승께서 일부러 져 주었다고 생각하는 겁니까?

"그건 그분만이 아시겠지요. 내가 부탁하고자 하는 건 그분께서 내게 남긴 유언이오."

—무엇입니까.

"그분과 나는 우리 계파가 제일 강하다는 것을 증명하는 데에 반백 년을 쏟았소. 분명히 우리는 해냈소. 그런데도 스승님께서는 무엇이 가장 강한지 가리라는, 유언을 남기셨소."

무트타르는 차분하게 말을 이어 나갔다.

"그게 무엇을 뜻하는 거겠소? 그분께서도 지금의 나만큼이나 서방의 검사들과 동방의 무림인들에 대해 알고 있었던 거요. 아시겠소? 당신이 여기에 오지 않았다면 내가 갔을 것이오. 그리고 우리 계파와 당신들의 무공 중 무엇이 더 강한지 우열을 가리자 했을 거요."

—그러니까 그대가 하고자 하는 부탁은……

"여기에는 나. 동방에는 그대. 그리고 서방에는 대검사(大劍士)가 있소. 그렇소. 내 부탁은 만일 그대가 나를 꺾어도, 서방의 대검사와도 우열을 가려 달라는 것이오. 나 또한 그대를 꺾거든 서방으로 갈 것이오. 내 부탁을 들어주시겠소? 이 세상에서 누가 가장 강한지 가려보자는 말이오."

*　　*　　*

—그렇게 하겠습니다. 이 땅에 온 목적을 달성한 후에.

"물론 나를 꺾을 수 있다면 말이오. 자 그럼. 어디서 겨뤄 보겠소?"

—달리 옮길 필요가 있겠습니까. 바로 여기서 겨뤄 보

지요."

내 말이 끝나는 그 순간, 무트타르의 저 뒤에서 거대한 시미타 두 자루가 날아왔다.

일반적인 크기가 아니었다. 시미타 한 자루의 크기는 어지간한 성인 남자 반절만하여, 빠르게 날아오는 모습이 꽤나 위압적으로 느껴졌다.

당연하겠지만 그에게서 기(氣)의 움직임은 느껴지지 않았다. 그 말인즉, 병기를 움직이고 있는 이 능력은 이기어검이나 허공섭물의 수법이 아니라는 것이었다.

착!

거대한 시미타 두 자루를 한 손에 하나씩 움켜쥔 무트타르는 신화 속에 나오는 하늘의 장수 같았다.

나는 들고 나온 검집에서 검을 빼 든 후, 검집은 땅에 버렸다. 청자운의 검. 명문가의 자제답게 놈은 예기(銳氣)가 시퍼렇게 깃든 명검을 들고 다녔었다.

"좋은 칼이요."

무트타르가 내 검을 바라보며 말했다.

―하지만 그대의 두 곡도 만큼은 아니란 걸 압니다

나도 가볍게 웃으며 대꾸했다.

그조차 그걸 인정하는지, 무트타르는 기분 좋은 표정으로 그의 병기를 훑어 봤다. 마치 사랑스런 자식들을 바라보는 듯한 표정이었다.

기하학적인 오묘한 문양들이 커다란 도신(刀身) 전체에 새겨져 있는 그것은 예술품이나 다름없었다.

"그렇다 해도 양보는 할 수 없겠소이다. 다른 누구도 아닌 당신과 겨루니 말이오. 내 모든 걸 이번의 결투에 쏟겠소."

무트타르의 반응에 내 생각이 맞았다는 것을 알 수 있었다.

—마찬가지입니다.

비단길을 밟았던 무림 상단들은 하나같이 서역의 전설적인 무구들을 찾고자 했다.

무트타르의 두 시미타가 바로 소문으로만 듣던 그 무구들 중 하나, 다마스커스 강으로 만들어진 병기인 것이 분명했다.

—그럼.

나는 포권을 한 뒤 뒤로 멀리 거리를 벌렸다.

전초전(前哨戰)은 누가 먼저라 할 것 없이 서로 격돌하면서 시작됐다.

할라를 극의까지 수련하면 신체능력이 초인적으로 강화된다는 것을 자하라를 통해 봤다.

군대를 가로막고 보여줬던 그의 무력시위는 사실 아무

것도 아니었다. 무트타르의 움직임은 자하라의 그것을 초월하고 있었다.

찰나의 순간, 무트타르가 속도를 한 단계 더 끌어올렸다. 머리 위로 거대한 시미타가 나타났다.

우웅!

공력이 깃든 것도 아닌데 강력한 압력이 정수리와 어깨를 먼저 짓눌러왔다.

범골(凡骨)이었다면 그 압력만으로도 목이 꺾이고 내장이 터져 버렸을 정도였다. 이런 위협적인 공격은 흑천마검 이후로 처음이었다.

타격점(打擊點)으로 검을 움직였다.

그러자 뇌락같이 떨어진 시미타가 검을 강하게 때렸다. 두 번째 시미타도 떨어졌다.

검에서는 십일성 공력이 외형화되어 화염같이 타오르고 있었다. 그 불길을 뚫으며 거대한 두 괴물이 파고들고 있는 꼴이다.

나는 순간적으로 몸이 휘청거리는 걸 느끼며, 속으로 혀를 내둘렀다.

파앙!

힘껏 밀쳐냈다.

무트타르는 두 자루의 시미타와 함께 뒤쪽으로 밀려났

다.

내가 조금 전에 그랬던 것처럼 무트타르 또한 본인이 밀려난 것에 대해 적지 않게 놀란 듯 보였다. 내가 그 틈을 놓치지 않고 반격을 시도하려던 때에는, 이미 무트타르가 한 박자 먼저 뒤로 몸을 던지고 있었다.

주변은 잠깐 적막했다가 환호성이 터졌다.

우리는 빠르고 강하게 움직였던 것뿐인데, 구경꾼들이 보기에는 우리가 순간이동 하듯 번쩍번쩍 사라졌다 나타났다 하는 걸로 보였을 것이다. 뿐만 아니라 평평하던 풀밭에 커다란 소리와 함께 갑자기 운석이 떨어진 자리처럼 거대한 구덩이가 생겨났으니, 그들로서는 신세계를 보는 듯했을 것이다.

병사들이 환호성과 함께 진형을 더 뒤로 옮기고 있는 사이, 우리는 말없이 서로를 바라보았다.

전초전이라 치기에는 그와 나는 서로의 전력을 어느 정도 보여준 셈이었다.

단 한 번의 격돌로 우리의 편견은 와장창 깨져 버렸다.

그리고 상대의 대단함을 새삼 깨달았다.

―첫수에서 밀린 것은 이번이 처음입니다.

"밀린 것은 이쪽 같소만?"

―오늘 개안(開眼)을 하려는 모양입니다. 원기만으로 그

런 성취를 얻을 수 있다는 것을 꿈에도 생각 못 했습니다.

"인위적으로 쌓은 힘이 신께서 주신 힘에 필적하게 될 줄이야, 나 역시 동감이요. 그간 동방에서 건너온 전사들과 겨뤄본 적이 적지 않소. 그때 가졌던 오만이 참으로 부끄럽소."

무트타르의 전신이 부르르 떨리는 게 보였다. 나만 떨고 있는 게 아니었다.

우리쯤 되는 고수는 흥분을 절제해야 되지만, 그리해야만 한다는 생각조차 잊을 만큼 우리는 곧 펼쳐질 생사투(生死鬪)에 벌써 반응하고 있었다.

—마찬가지입니다. 인사치레는 이쯤하고 제대로 시작해 보는 게 어떻겠습니까.

사실 이 땅에 온 목적 때문에 이런 생사투는 피하고 싶었고, 또 그래야만 했다.

그러나 막상 무트타르와 부딪치고 난 이후엔 그러한 생각을 싹 잊었다.

가히 놀랍고도 신기한 일이었다.

그동안 내 자신을 무인이라고 생각해 본 적이 없기에 그랬다.

내 무공은 대다수의 무림인들처럼 인고(忍苦)의 수련 끝에 이룬 것이 아니다.

물론 여러 위기에서 벗어나기 위해 지독한 수련을 한 것은 사실이나 그 세월은 평생을 매진해 온 다른 무림인들에 비해 턱없이 부족한 것 또한 사실이다.

진귀한 영약과 전대 교주의 공력이란 바탕이 없었다면 이룰 수 없는 성취였다는 것을 내 스스로 너무나도 잘 알고 있었고, 그래서 무인이라는 자각이 그렇게 없었다.

그런데 지금 내 심장이 뛰고 있다.

나와는 완전히 다른 방식으로 수련하여 이 땅의 최고 자리에 오른 자.

진정, 그와 우열을 가려보고 싶다.

목숨마저 걸어야 하는 위험한 일이라는 것을 알면서도 그러한 생각이 드는 내 자신이 무척이나 낯설게 느껴질 만큼.

"하하하."

기분 좋은 웃음이 순간 터졌다.

"크하하하!"

저쪽에서도 웃음소리가 들려왔다.

한참을 웃어 젖히고 났을 때 우리의 몸은 더 이상 떨리지 않았다.

소름 끼칠 만큼 냉정한 시선이 돌아오면서, 머리가 비상하게 돌아갔다.

명왕단천공이 그 어느 때보다 많은 이미지를 내게 보내오고 있었다.

해일처럼 밀려든 수많은 시나리오들은 모두 무트타르의 죽음으로 끝난다.

천 개의 검기가 만든 검옥(劍獄)속에서 온몸이 갈가리 찢기고, 십이양공 십일성 최고의 공력이 집약된 강기(强氣)에 정수리부터 회음부까지 몸이 두 동강 나고, 이화접목의 수법으로 빼앗긴 제 시미타에 사지가 절단나고, 기습적으로 노린 백 개의 탄지 중 하나에 심장이 관통되고 만다.

그러나 명왕단천공이 보여주는 이미지들은 시나리오일 뿐, 한 번도 마주해 본 적이 없는 생소한 적 앞에서는 무용지물이란 점을 잘 알고 있었다.

흑천마검을 상대할 때에도, 자하라를 상대할 때에도 그랬다.

그래도 명왕단천공은 최적의 공격로와 최고의 방어법을 제시하는바, 일단 나는 이미지 중 하나를 잡고 공격을 설계해 나가기로 했다.

—그럼 다시.

"인샬라(Inch'Alla: 신의 뜻대로)."

피했다고 생각한 그 순간부터 연격이 시작됐다. 거대한 시미타 두 자루는 단도보다 경쾌하게 움직이면서도, 그 크기보다 위압적인 무게가 실려 있었다.

뿐만 아니라 한 번 휘둘러질 때마다 해일 같은 중압감이 내 전신을 몇 번이고 밀어붙이며 들어왔다. 그는 무지막지한 파괴력만 뿜어낼 수 있는 것이 아니라 섬세한 공격도 할 수 있다는 것을 증명하기라도 하듯, 한 번씩 송곳 같은 기습을 패도(敗刀) 속에 숨겼다.

내가 원숭이 같은 몸놀림으로 그 모든 공격을 전부 피해 내자, 그는 오히려 더 격하게 밀고 들어왔다.

위에서 내려오던 시미타가 갑자기 그의 손아귀를 떠났다.

반달처럼 비스듬히 휘어지면서 내 목으로 미끄러진 시미타를 쳐 냈을 때, 등 뒤편에서 나머지 한 자루가 빠르게 쇄도해왔다.

몸을 비틀며 가볍게 뛰었다. 시미타의 도신을 밟아 몸을 튕겼다. 미친 까마귀 떼처럼 계속 나를 노려 온 도신들을, 그때마다 밟아 튀면서 무트타르의 코앞까지 당도했다.

이를 악문 그의 얼굴이 시선에 가득 찼다.

나는 그 얼굴을 향해 검을 뻗었다. 미쳐 날뛰는 그의 시미타가 그러했듯이, 나 또한 쉴 새 없는 공격을 퍼부었다.

열 개의 검기.

거미줄 같은 검막.

백 개의 검기.

지옥굴 같은 검막.

무트타르의 전신은 붉은 기운 속에 감춰졌다. 그것도 잠시, 그는 가슴에 몇 가닥의 검흔만을 얻은 채 검막을 뚫고 나왔다.

불쑥 튀어나오는가 싶었던 주먹이 내 가슴을 때렸다.

억 소리가 절로 나올 만한 통증이 타격점을 시작으로 전신으로 퍼져나갔다. 골이 울리고 허리가 꺾였다.

뒤로 제비 돌면서 그의 턱을 걷어차지 않았다면 이어서 날아온 시미타에 허리가 두 동강 났을 것이다.

그러던 그때 앞에서 외마디 비명이 터졌다.

그의 어깨를 긋고 돌아온 검이 내 손아귀로 감겼다. 설계대로였다면 어깨가 아니라 심장을 관통하고 돌아왔어야 했다.

우리는 계속 그래 왔다.

하나를 얻으면 하나를 내주었다.

아니, 하나를 얻는가 싶으면 하나를 내주고 있었다.

이래서야 끝이 없다.

목숨을 아끼지 말고 전력을 다해야 할 것이다.

무트타르도 나와 비슷한 깨달음을 얻었는지, 그의 눈빛이 돌변했다.

"비겁하다 하지 마시오. 우리는 목숨을 걸고 싸우고 있소."

무트타르는 그렇게 말하면서 무식하리만큼 우직하게 걸어오기 시작했다. 허공을 맴돌던 시미타 두 자루도 주인 곁으로 돌아와 있었다.

쿵. 쿵.

걸음 하나하나에 대지가 반응했다. 지면이 크게 울리면서 주변으로 쫙쫙 갈라졌다.

갑자기 미사일처럼 튀어 올랐다가 번개처럼 떨어진 그가 두 자루의 쌍도를 내리찍었다. 피하기에는 너무도 빠르거니와, 무엇보다도 더 강맹해진 중압감이 내 움직임을 방해하고 있었다.

하늘에 닿은 듯 거친 태산이 내 위로 무너지는 느낌이 들었다.

이게 그의 전력(全力)이다.

그러나 이런 기분을 느끼는 건 나뿐만이 아닐 게다.

나 또한 한계치까지 공력을 끌어 올렸으니까.

칼날같이 휘몰아치는 기풍(氣風)과 온 살점은 물론 뼈마디까지 산화시켜 버릴 열화(熱火)가 그의 상대였다.

그러니까, 그는 지옥불 안으로 뛰어든 셈이었다.

쾅!

그의 시미타 두 자루가 동시에 내 검을 때렸다.

검신이 유리처럼 깨졌다. 중원의 명검이라 하더라도 전설의 다마스커스 강을 견디지 못한 것이다. 나는 그가 했던 말을 저의를 깨달을 수 있었다. 이걸 두고 말한 거다.

무트타르의 얼굴에 회심의 미소가 스쳤다. 그는 내 검신을 뚫은 그대로 시미타 두 자루를 그어 내렸다. 나는 팔을 뻗어 시미타를 움켜잡았다.

내 손이 닿은 접촉면을 중심으로 뻘겋게 달아올랐다.

도신 전체가 금세 빨개지더니, 피눈물 같은 쇳물이 뚝뚝 떨어지기 시작했다.

무트타르가 놀란 눈길로 시미타를 쳐다보았을 때는 이미 도신 전체가 녹아내린 뒤였다.

"다마스카스 강이……."

잠시나마 그가 지었던 회심의 미소는 온데간데없이 사라져 버렸다.

제3장
약조

도신 없이 자루만 있었다.

후!

무트타르는 딱딱하게 굳은 얼굴로 제 손에 쥐고 있는 자루를 바라보다가 입김을 불었다.

안개처럼 서려 있던 수증기가 사방으로 흩어지는 그때, 이제는 칼이라고도 할 수 없는 그것을 허리춤으로 끼워 넣었다.

—장사(葬事)라도 지내주려는 겁니까?

그러한 내 물음에 그는 조용한 미소와 함께 넝마처럼 변해 버린 상의를 잡아 뜯었다.

큼지막할 뿐만이 아니라, 암석을 깎아 만든 듯 섬세하고 단단한 근육이 한눈에 들어왔다.

흉근(胸筋)은 우람하고 그 사이로 잔가지처럼 도드라진 미세 근육들이 또렷했다. 겨드랑이 뒤쪽으로는 흡사 날개라도 되는 양 광배근이 크게 펼쳐져 있었으며, 거대한 어깨 근육을 내려와 상완근과 전완근을 따라 시퍼런 힘줄이 살아서 꿈틀꿈틀거리고 있었다.

더욱이 그가 상체에 한 번 힘을 주자, 그 대단한 근육 전체가 숨을 불어넣어 주듯 한 번 더 부풀어 오르기 시작했다.

"준비되었소."

무트타르는 그 말을 마지막으로 주먹을 천천히 말아 쥐었다.

─마찬가지입니다.

타핫!

내가 먼저 선수(先手)를 잡았다.

일직선으로 주먹을 내 뻗었다.

두 개에서 네 개, 네 개에서 열여섯 개, 열여섯 개에서 이백오십육 개.

찰나의 순간에 그만큼으로 불어난 철권(鐵拳)이 그의 전신을 노리고 때려 들어갔다.

어느 것 하나 진짜가 아닌 게 없다. 하나하나 공력이 깃든 진짜배기로, 무트타르에게 부딪칠 때마다 커다란 파공음들이 터져 나왔다.

제대로 먹혀들어간 연격이라고 생각했다.

하지만 폭격처럼 쏟아지는 주먹들 사이로 무쇠 같은 주먹 하나가 불쑥 튀어나왔다.

고개를 옆으로 젖혀 피했음에도 불구하고, 심지어는 호신강기로 온몸을 보호하고 있음에도 불구하고, 거기에서 시작된 파동(波動)에 몸이 한참이나 뒤로 밀렸다.

스윽.

손등으로 코밑을 훑자 피가 묻어 나왔다.

좋지 않은 징조였다.

반면에 무트타르는 멀쩡했다.

정타를 몇 번이나 꽂아 넣었다고 생각했던 것이 실은 아니었던 모양이다. 어떻게 된 일인지 많은 의문이 들었다.

쏴아악!

그러나 매섭게 쇄도해 들어오는 그를 보고 머릿속을 비워내야만 했다.

크고 강하기만 한 것이 아니라 빠르기까지 한 주먹과 발들이, 눈앞에서 몇 번이나 번쩍여댔다.

퍼억!

몸이 저만치 날아가면서 결국 정타 하나를 허용하고 말았구나, 하고 깨달았다. 동시에 일반적인 박투(搏鬪)로는 그를 상대하기 어렵겠다고 깨달았다. 내가 선수를 잡았다고 생각했던 것도, 실은 그가 한수 양보를 했기 때문이라는 것 또한 느꼈다.

자존심이 상하는 일이지만 분명했다.

신체의 활용도나 담을 수 있는 힘의 세기에 있어서.

그는 추호(秋毫)만큼이나 아주 근소한 차이로 조금 더 우위에 있었다.

반사적으로 중심을 잡은 내 위로 거구 하나가 뚝 떨어져 내렸다.

타탓!

뒤로 몸을 튕겼다.

무거운 힘이 실린 바람 한줄기가 내 앞을 스치고 지나가는가 싶더니, 바로 뒤편에서 내 후두를 노리고 들어왔다.

몸을 꺾으며 발끝으로 그것을 차올렸다.

그 순간 세상이 반전(反轉)됐다.

무트타르가 내 발목을 낚아챈 것이다.

그와 눈이 마주치기 무섭게, 나는 또다시 어디론가 날

려 보내진 걸 느꼈다. 나를 날려 보낸 힘이 워낙에 강해서 바로 중심이 잡히지 않았다.

이리저리 부딪쳤다.

흙먼지가 코와 입으로 들어오고 내 것이라고 추정된 핏물들이 삼켜졌다. 내 몸을 쫓아 질풍처럼 달려오는 무트타르의 모습이 틈틈이 보였다.

내가 중심을 되찾으며 지면에 발이 닿기 무섭게 그의 주먹이 내 가슴 안으로 파고들어 왔다.

양팔을 교차해 막았다.

공력이 깃든 것도 아닌, 그저 원기를 활용해 신체 능력을 끌어 올리는 것뿐인데. 어떻게 파천(破天)의 힘이 담겨 있단 말인가!

명왕단천공이 보내오는 이미지는 더 이상 내게 도움이 되지 않았다. 명왕단천공의 설계대로였다면 그는 이미 내 발밑에 깔려 있어야 했기 때문이다.

그러나 정타 한 번은 무색하고 나는 어느 순간 수세에 몰려 있었다.

그렇다고 저쪽 세상에서 다시 힘을 길러서 오기에는 상황이 여의치 않았다.

더군다나 여기에 흑천마검도 없거니와, 지금까지 내가 쌓아온 힘만으로 어떻게든 그와 승부를 가리고 싶은 마음이 더 컸다.

무트타르는 승기를 쥐었을 때 승부를 가르고 싶었던 것 같다. 나를 곤죽으로 만들어서 눕혀 버리고 싶었는지, 무지막지한 공격들을 멈추지 않았다.

시각의 사각지대에서 우악스런 발 하나가 튀어나왔다.

그러던 그때 이화접옥의 수법으로 그에게서 거리를 벌릴 수 있게 된 건, 근육의 기억과도 같은 본능적인 움직임이었다.

무트타르가 휘청거리며 넘어지는 광경이 시선에 들어왔다.

"퉷."

나는 입안에 머금고 있던 피를 뱉어낸 후, 일어선 무트타를 향해 고개를 끄덕였다.

무트타르 또한 고개를 끄덕인 뒤, 내게 성큼성큼 다가오기 시작했다.

명왕단천공은 이번에도 역시 무트타르의 죽음을 보여주고 있었다.

그런데 거기까지 이르는 방식이 크게 달라진 것이 아닌가!

눈이 부릅떠졌다.

지금까지 명왕단천공의 설계는 내가 주도적으로 움직이

면서 그를 몰아붙이게끔 되어 있었다.

하지만 변했다.

명왕단천공이 보여주는 이미지는 내가 수동적으로 방어에 일관하다가, 역습을 가하는 식으로 바뀌어져 버렸다.

드디어 명왕단천공이 무트타르의 신비로운 힘을 인식한 것이다.

—지금부터는 조금 달라질 겁니다.

내가 의념을 전하자.

"기대하겠소!"

이쪽으로 걸어오던 무트타르가 몸을 던지며 외쳤다.

오롯이 서서 무트타르가 들어오길 기다렸다. 그는 눈 깜짝할 찰나의 시간보다도 더 빠르게 나타나서 거칠게 어깨를 부딪쳐 왔다.

타격점인 가슴을 중심으로 강렬한 통증이 전신으로 퍼졌지만, 이상하리만큼 기분은 나쁘지 않았다. 입 안에 머금어진 핏물을 뱉을 사이도 없이, 그가 주먹을 사정없이 던지면서 따라 붙었다.

막기에 급급했다.

태풍 속에 위태위태한 버드나무처럼 내 몸이 좌우로 흔들렸다.

그러다 주먹 하나가 내 복부에 적중한 것은 결코 우연

이 아니었다.

예정된 일임에도 불구하고 내 입에선 비명 같은 신음 소리가 터져 나왔다.

내장이 휩쓸리면서 인 거대한 고통이 뇌리 끝까지 치밀어 올랐다. 하지만 그러면서도 나는 무트타르를 똑바로 쳐다보고 있었으며, 내 양손은 그의 왼쪽 전완(前腕)을 감싸고 있었다.

무트타르가 오른 주먹을 휘둘렀다.

끝났다.

무트타르는 그런 얼굴이었다.

하지만 이 모든 건 명왕단천공이 보내왔던 이미지대로였다.

이화접옥의 수법으로 그를 넘어트렸던 것이 무의식 안에서 그리도 인상적으로 자리 잡았던 것일까? 그래서 명왕단천공이 거기에서 해법을 얻은 것일까?

명왕단천공은 무트타르의 원기가 만들어 낸 힘을 이용하라 말하고 있었다.

나는 무트타르가 쓰는 힘에 십이양공의 공력을 보태, 붙잡고 있던 그의 왼쪽 팔로 내 보냈다.

무트타르의 주먹이 내 얼굴에 닿으려던.

바로 그때였다.

"커억!"

무트타르의 입에서 그다운 거친 비명이 터져 나왔다.

손을 놓는 순간, 그의 전신이 허공에서 수십 바퀴를 빠르게 돌았다. 마치 무중력의 공간 안에 자리한 것처럼 말이다.

마법처럼 비현실적인 광경이 잠깐 이어지는가 싶더니, 그는 거꾸로 낙하했다.

무트타르가 완전히 일그러진 얼굴로 몸을 일으켰을 때에는 그의 얼굴에 난 구멍 그러니까 눈, 코, 입, 귀에서 피가 철철 흘러나오고 있었다.

명왕단천공은 새로운 시나리오들을 보내오기 시작했다.

방식만 다르지 끝은 모두 같았다.

수도(手刀)로 목을 가격해서 끝낼 것인가, 쌍장으로 심장을 멎게 할 것인가.

심지어는 강기로 사지를 절단시키는 잔혹한 방식들도 있었다.

─승부는 끝났습니다. 서방으로는 가겠다는 약조는 지키겠습니다.

의념을 전하면서 주먹을 말아 쥐었다.

피를 흘리고 있는 건 무트타르 뿐만이 아니었다.

장기에 큰 손상을 입은 것이 틀림없었다. 내 입에서도 쉴 새 없이 피가 흘러나오고 있었다.

하지만 여기서 끝.

무트타르가 십 수까지는 버틸 수 있겠지만, 결국 마지막 일격인 수도에 목이 가격당해 끝이 나고 말 것이다.

"……. 끝나지 않았소."

그렇게 말하며 무트타르가 주먹을 내질렀다.

—그럼 어쩔 수 없지요.

치명상을 입었어도 무트타르의 공격은 여전히 강력했다.

그러나 이전보다는 확실히 모든 면에서 뒤처짐이 보였다.

나는 그가 오기스럽게 던졌던 주먹을 막아낸 뒤, 그의 허리를 향해 발을 휘둘렀다.

그것이 반격의 시작이었다.

혼심의 힘을 다했다.

그럼에도 불구하고 정타 한 번 제대로 들어가지 않았지만 조급하지 않았다. 명왕단천공의 설계대로 세 번째 공격에서 그의 중심이 무너지는 걸 보았기 때문이다.

그는 다섯 번째 공격에서 드디어 정타 하나를 허용했다. 그다음부터는 내 공격이 막힘없이 들어갔다. 가히 폭발음이라도 해도 좋을 타격 소리가 연달아 울려 퍼졌다.

아홉 번째에 들어간 복부의 정타에 그의 허리가 앞으로 꺾였다.

그리고 마지막 열 번째, 수도를 세웠다.

─좋은 승부였습니다.

의념과 함께 그의 목을 향해 수도를 내리쳤다.

그때였다.

터억!

예기치 못한 주먹 하나가 위로 튀어나오더니 내 수도를 비껴 쳐냈다.

"흡!"

몹시 놀라서 숨을 들이켰다.

명왕단천공의 이미지와는 달리, 무트타르가 틈을 만들고 거리를 벌린 것이다.

황급히 그에게로 따라 붙었다.

수세에 몰린 건 그지만 당황한 건 오히려 내 쪽이었다. 또다시 명왕단천공의 설계가 깨진 탓이었다.

그러던 문득 무트타르가 이쪽으로 몸을 돌렸다.

죽어가던 눈빛에 어느새 힘이 실려 있었다.

그는 뒤쫓아 오던 내게 한 손을 펼쳐 보인 뒤, 지면 위로 강하게 발을 굴렀다.

쿠우우우우웅!

흙먼지가 자욱하게 피어올랐다.

쉬이이.

내 기풍에 그것들이 흩어지면서, 무트타르가 반경 십여 미터 되는 작은 구덩이 안에서 오롯이 서 있는 광경이 시선에 들어왔다. 그는 그 안에서 내게 고개를 끄덕여 보였다.

내가 그 안으로 들어서자 그가 기다렸다는 듯이 말했다.

"여긴 그대와 나. 누군가의 무덤이 될 것이오."

*   *   *

무트타르의 말에 공감했다.

어느 한 명의 숨이 끊어지기 전까지는 절대 승부를 가를 수 없을 만큼, 조금의 여유나 방심을 할 수 없는 치열한 결투였다.

무트타르는 잠깐 숨을 고르고 싶어 하는 것 같았다. 금방이라도 꺾일 것만 같았던 그의 눈빛이 살아나고 있었던 반면에, 나는 엉망이 된 내부가 점점 심해지고 있다는 것을 느끼고 있었다.

시간을 주면 줄수록 불리한 건 이쪽이다.

명왕단천공도 그것을 인식한 모양인지 다시 공격적으로 바뀐 전술적 이미지들을 보내오기 시작했다.

스읍.

한 줌의 호흡을 머금으면서 앞으로 몸을 기울였다.

무트타르의 눈빛이 먼저 반응했다.

거기에서 나는 '백 개의 시선이 나를 뚫어져라 쳐다보는 것 같다'고 느꼈다. 인간의 범주를 초월한 안력(眼力)과 고도의 집중력과 직관력이 거기에 담겨 있었다.

나의 일권(一拳) 속에 담긴 아홉 가지의 변화가 복잡한 수학 계산을 풀어 나가는 것처럼, 하나하나 섬세하게 대응했던 그의 뛰어난 방어술은 결코 우연에서 비롯된 게 아니었던 것이다.

그래도 직전에 입혔던 치명상이 효과가 있었다. 그는 마지막 변화를 풀어내지 못했고, 내 주먹은 빈틈 하나 없었을 장막 속을 뚫고 들어갔다.

주먹 끝으로 무거운 무게감이 느껴지는 그 순간, 거대한 파공음이 일었다.

파앙!

복부에서 찌릿한 감각이 번쩍였을 때 뭔가 잘못됐다는 걸 깨달았다.

내가 직전에 그러했듯, 무트타르 역시 살을 내주고 뼈를 취한다는 수법을 썼다는 것을 알아차렸을 때 내 주먹이 그의 턱을 강타하고 있었다. 그의 무릎 역시 동시에 내 복부에 닿았다.

내장 전체를 쥐어짜는 듯한 복통과 함께 몸이 붕 떴지만, 기분이 나쁘지만은 않았다. 반드시 이기고 말겠다는 승부욕과 함께 무트타르를 꺾으면 얼마나 큰 희열이 나를 찾아올 것인지 깨달았기 때문이었다.

"이쪽이오."

이를 악문 무트타르가 밑에서 따라오고 있었다.

나는 허공을 밟으며 몸을 반전시켰다.

명왕단천공의 이미지에 따라 허공을 한 번 더 밟아 몸을 추진시켰다.

쉐에에엑.

나는 무트타르에게로 벼락처럼 떨어지고, 무트타르는 그런 나를 향해 주먹을 뻗어왔다. 보이지는 않지만 흡사 권기(拳氣)와도 같은 것이 이쪽으로 밀려오는 게 느껴졌다.

부서뜨려야 한다.

그러나 무트타르의 그것이 내가 쏘아 보낸 권기를 파훼한 그대로 무섭게 올라오는 것이었다.

기든 염력(念力)이든 아니면 그 어떤 에너지이든지 간에, 중요한 건 한 번 휩쓸리면 승부가 갈릴 만한 거대한 힘이 집약되어 있다는 것이 중요하다.

나는 허공에서 제비처럼 쉑, 하고 돌아 한 번 더 몸을 반전시켰다. 그런 다음 십일성 공력을 담은 권기를 열여섯 조각으로 나눠 쏘아 보냈다.

내 열여섯 개의 권기가 무트타르의 그것이 충돌할 때마다, 진원(震源)으로부터 강렬한 파동이 사방으로 퍼져나갔다.

쾅!

쾅쾅!

쾅!

대지에서 무수히 많은 폭발이 일어나기 시작했다. 그 광경은 마치 운석 집단이 대기권을 뚫고 떨어지는 현장을 연상시켰다.

더 이상 폭발음이 나지 않았다.

무트타르의 그것과 내 권기가 함께 동반 소멸해 버렸다는 것을 알아차렸고, 우리는 더 이상 방해 거리가 없어진 그 공간을 향해 돌격했다.

그리고는 누가 먼저라 할 것 없이 주먹을 뻗었다.

일 합은 맞수였다.

이 합은 내가 이겼다.

삼 합은 그가 이겼다.

사 합은 다시 맞수로 돌아갔다.

그렇게 지면으로 내려오는 동안 우리는 총 백(百) 합 하고도 삼십육 합을 더 겨뤘다.

땅에 내려서자.

"크, 크하하……."

무트타르가 신음과 웃음이 뒤섞인 음성을 토하기 시작했다.

그의 얼굴은 완전히 엉망이 되어 있었다. 성한 구석 하나 없이 처음의 그 호쾌했던 인상은 어디에도 찾아볼 수 없을 정도였다. 뿐만 아니라 왼쪽 어깨는 탈골된 것이 분명하게도 완전히 축 처져 있었고, 부러진 갈비뼈 하나는 피부를 뚫고 나와 있기까지 했다.

그래도 승리를 확신할 수는 없다. 내 상태도 그와 별반 다르지 않으니까.

울컥울컥.

쿠르르륵.

내 몸 안에서 지독한 펌프질이 계속됐다.

죽은피들을 계속 내보내고 있었다. 쉴 새 없이 흘러나오는 핏물로 내 온몸은 피로 젖어 있었으니, 그 몰골이 얼마나 흉할지 직접 보지 않아도 눈에 선했다.

　그럼에도 불구하고 우리가 그만한 고통을 느끼지 못하고 있다는 건, 그만큼 흥분해있다는 것을 반증하고 있는 셈이었다.

　문득 그의 얼굴 위로 웃음기가 사라지고 서늘한 살기(殺氣)가 나타났다.

　쉐아아악!

　비틀거리던 몸짓과는 달리, 무트타르의 주먹에서 처음과 다를 바 없는 무트타르의 맹공이 터져 나왔다. 그는 인정하지 않으려야 인정하지 않을 수 없는 진정한 맞수였다.

　"누군가는 끝이 날 거요! 그대든 나든!"

　선수를 잡은 무트타르가 주먹과 함께 광분(狂奔)한 들소처럼 온몸으로 밀고 들어왔다.

　그가 승부수를 던지고 있었다.

　둘 모두 동귀어진하기 전에 승부를 결정지을 때가 왔다는 것을, 나도 직감하고 있던 때였다. 그의 몸이 기울어진 순간 나 역시 본능적으로 그를 향해 몸을 던지고 있었다.

＊　　　＊　　　＊

일신의 성취가 극에 달하면 검술이나 권법과 같은 틀은 필요가 없어진다고 한다.

무트타르와 나.

우리 둘은 그것을 증명해 냈다.

그리고 그 증명이 끝났을 때 세상은 태초의 우주로 돌아간 듯이 조용해졌다.

그저 울려 퍼지고 있는 것이라곤 두 남자의 가쁜 숨소리뿐.

티끌만한 번뇌 하나 남은 게 없었다. 그 어느 때보다 평온하다 느껴졌다.

"스승님이 그립소. 그대가 내 앞에 있기에."

무트타르가 말했다.

승부를 결정짓는 마지막 일격을 주고받은 이후로, 우리는 단지 서 있는 것에 불과했다.

그렇지만 더 이상은…….

"컥."

나는 외마디 비명과 함께 심장 부근을 짓눌렀다. 허리가 저절로 꺾이고 자연스럽게 무릎이 꿇렸다.

하고 싶지 않지만 어느새 내 양손은 땅을 짚고 있었다.

고개를 들 수 없는 가운데, 지면으로 향해 벌어진 입에선 폭포수처럼 피가 줄줄 새어 나왔다.

마치 온몸의 피를 전부 쏟아내는 것처럼 말이다.

"미안하게 됐소."

그런 나를 향한 안타까운 시선이 위에서부터 느껴졌다.

"하지만 후회는 없소. 우리의 오늘은 앞으로 천 년을 넘게 회자될 것이니 말이오."

—마찬가지입니다.

의념을 전하는 와중에서도 피가 멈추지 않았다. 얼마나 많은 피를 게워낸 것인지 정신이 혼미했다. 지면이 흔들거렸다. 지진이 일어난 것이 아닌가 싶을 정도로, 몸까지 부들부들 떨렸다.

조용하던 세상이 더 조용해졌다.

위에서부터 들려오던 무트타르의 가쁜 숨소리도 더 이상 들리지 않았다.

눈꺼풀은 몇 번이나 닫혔다가 간신히 떠지곤 했다. 하지만 그것이 반복될수록 눈꺼풀은 점점 더 무거워져만 갔고, 다시 눈을 뜨는 시간이 오래 걸려갔다.

마지막으로 무트타르를 이 두 눈으로 직접 보고 싶었다. 그래서 한 줌조차 남지 않은 일말의 힘을 끌어내 고개를 들었다.

무트타르 구름 사이로 내려온 한줄기 햇빛 아래 감싸여 있었다. 많은 뼈가 피부 밖으로 돌출되고 피로 범벅된 처

참한 모습이지만, 세상에 하나뿐이었던 내 훌륭한 맞수의
모습은 아름답기 그지없었다.

　─잘 가십시오. 그대와…… 그대와 한 약조를 잊지 않
겠습니다. 내 맞수여.

　그것이 무트타르의 마지막 모습이었다.

　　　　　　　＊　　　＊　　　＊

　정신이 들었을 때.

　푹신한 침대에 눕혀져 있었다.

　"……. 여긴?"

　"정신이 들어요? 여기가 어디겠어요. 테헤란이죠."

　향로 앞에서 뭔가를 하고 있던 자하라가 침대 끝에 걸
터앉으며 물었다.

　"크윽."

　상체를 일으키려던 순간에, 겉에서는 온몸을 송곳으로
찌르는 듯했고 안에서는 무쇠 덩어리로 장기를 짓누르는
듯한 큰 고통이 일었다.

　그래도 억지로 상체를 일으키자 자하라가 걱정스럽다는
듯이 나를 쳐다보며, 내 옆으로 몸을 기울였다.

　"누워있어요."

"얼마나 지났지?"

나는 나신이었으며, 미라처럼 붕대로 감싸여지지 않은 곳이 없었다.

"나흘이요."

잠깐 정신을 잃었던 거라고 생각했던 것이 나흘이나 지났던 것이다.

"무트타르는? 그의 시신은?"

"마스지드에 안치해 뒀어요."

"장례를, 크으…… 치른 건 아니지?"

"왜요? 아직 아니에요. 오늘 마스지드의 성자들이 술탄의 예우를 갖춰."

"멈춰. 우리의 무덤은 따로 있으니까."

"예?"

"우리가 싸웠던 자리에."

"무슨 말을 하는 거예요?"

"크으."

계속 말하기가 힘에 겨웠다.

그래서 의식을 열고 집게손가락으로 내 미간을 툭툭 건드려 보았다.

자하라가 내 뜻을 알아차리고는 내 의식 속으로 들어왔다. 그녀는 진심으로 감탄 어린 표정을 지어 보이면서 입술을 열었다.

"이미 나흘 전에 지나쳐온 곳이에요. 무트타르의 장례는 마스지드에 맡겨요. 술탄의 예우에 따라 성대한 장례를 치를 테니. 더군다나 당신들이 무덤이라고 만든 그곳은…… 가보면 알겠지만 찾을 수도 없을 거예요. 크고 작은 구덩이들 수백 개가 펼쳐져 있는 걸요."

"찾을 수 있으니까 장례는……. 멈춰."

쿨럭.

또다시 울컥하고 터져 나온 핏물들이 이불 전체로 튀겼다.

자하라는 마치 새색시라도 된 것마냥, 어디선가 하얀 천을 들고 와서 내 입가를 닦아주기 시작했다.

"알았어요. 알았다고요. 무트타르의 장례는 당신의 뜻대로 할 테니까. 그만 말하세요. 이제 겨우 나아지고 있는데. 당신을 살리기 위해 제가 얼마나 많은 노력을 한 지 아세요?"

대답 대신 천천히 몸을 눕혔다. 내가 고통으로 얼굴을 일그러트리자 자하라는 나를 부축하며 침대에 눕혀주기까지 했다.

"그러니까 소감이 어때요?"

—뭐?

의념으로 말을 대신했다.

"엄청난 대결이었어요. 굳이 오랜 시간 살아왔다는 걸 말하려는 것은 아니지만, 저는 누구보다 기구하고도 역정적인 삶을 살아왔죠. 인간이 살면서 겪을 수 있는 것 전부 겪고, 볼 수 있는 것 전부 다 겪었다 자부하고 있었죠. 하지만 당신과 무트타르의 대결이요? 심지어 제가 직접 당신과 무트타르와의 대결을 주선했으면서도, 당시만 해도 그런 대결이 될지는 상상도 못 했다는 게 사실이었죠. 저는 궁금한 거예요. 그런 대결을 했던 당사자의 심정이."

그런 자하라의 물음이 꽤 괘씸하게 다가왔다. 그러나 많은 생각을 하는 물음인 것만은 틀림없다. 나는 가만히 있다가 씁쓸한 미소를 머금었다.

─벅찰 줄 알았다. 그렇게 대단했던 그를 이기면 엄청난 희열이 들 줄 알았다. 하지만……. 남은 것이라고는 안타까움뿐이군.

"안타까워요?"

─그가 더 이상 이 세상에 없다는 게 안타까워. 진작에 만날 수 있었더라면…….

둘도 없는 좋은 친구가 될 수 있었을 거란 생각이 든다.

"그런가요?"

자하라는 아무런 상관도 없다는 듯 천연덕스럽게 웃었

다.

　"어쨌든 그 대결로 나는 테헤란을 얻고 당신은 최고가
되었어요. 하지만 축하는 당신의 몸이 나은 후로 미루죠.
몸이 완전히 망가져서 꽤 오랜 시간이 지나야겠지만."

　최고가 되었다고?

　아니.

　나는 무트타르와의 약조를 잊지 않았다.

제4장

바그다드에서 온
대신

　외상만 낫는데 꼬박 2주가 걸렸다. 내상을 치유하고 이
전만큼 운신할 수 있으려면 비슷한 시간이 더 필요할 것
같았다.

　내가 병상에 있는 근 이 주 동안 자하라는 테헤란과 인
근 지역의 지배권을 완전히 그녀의 것으로 만들었다. 토
착 세력들을 숙청하고 공석에 그녀의 사람들을 두었다.

　그렇게 테헤란이 혼란 속에서 빠르게 안정을 되찾아 가
는 가운데, 네 명의 살라딘으로 오랫동안 팽팽하게 유지
되어 왔던 이슬람 제국의 균형이 새로운 국면을 맞이하고
있었다.

—이 지긋지긋한 궁전에서 벗어나고 싶군. 몸이 빨리 나아야…….

내가 몸을 일으켜 움직이자.

"괜찮으시겠어요?"

나디아가 걱정스러운 표정과 함께 말했다.

—가만히 있는 것만이 능사가 아니야.

"많이 걱정되시겠어요."

—십만 명이나 되는 사람이 움직였어. 그렇게 많은 사람들이 움직였는데도 행방을 찾을 수가 없다니.

"전 살라딘의 그 말을 믿지 않아요."

—마찬가지야.

자하라에게 수차례에 걸쳐 교도들의 행방을 알아봐 달라고 부탁했었다.

줄곧 바그다드로 사람을 보냈으니 조금만 기다려 달라던 그녀가 어제 답을 가지고 찾아오길 흑웅혈마와 교도들이 바그다드에 없다는 것이다.

설사 흑웅혈마와 교도들이 그곳에 없다 하더라도, 먼 곳뿐만 아니라 앞날까지 볼 수 있다는 그녀가 할 만한 대답은 결코 아니었다.

—나를 붙잡아 두고 있는 것이지.

"최근에 경비가 더 늘었어요. 뿐만 아니라 제가 가는

곳마다 사람들이 따라 붙는데, 평범한 자들 같지 않았어요. 그저 주인님을 붙잡아 두고 있는 것뿐이라면 괜찮겠지만 다른 속셈이 있는 것이라면…….

나디아는 굳게 닫힌 문 쪽을 다시 곁눈으로 확인한 후 계속 말했다.

"저는 주인님께서 '운기'에 드셨을 때가 걱정돼요."

가만히 고개를 끄덕였다. 나 역시 동일한 염려를 하고 있었기 때문이다.

―나를 해치려는 마음이 있었다면 지금까지 시간을 끌 필요가 없었어. 애초에 나를 치료하지 않았으면 됐으니까.

"사람 마음은 시시때때로 바뀌어요. 그리고 지금 살라딘 입장에서는 주인님을…….

나디아는 제거하는 편이 낫다, 라는 말을 차마 꺼내지 못하고 말꼬리를 흐렸다.

"주인님께선 살라딘을 믿으시나요?"

비록 수련이었다 해도 우리 셋은 엄연히 몸과 몸을 교류한 사이.

나디아는 그걸 의식해서 물었다.

―그건 아무래도 상관이 없지. 우리는 그녀의 궁전 안이고 나는 다쳤으니까.

다만 자하라가 변심하여 흑웅혈마와 교도들을 찾는데 차질이 생길까 염려되는 것이지 그렇다고 해서 후회는 없었다.

설사 자하라가 나를 이용했다 한들, 그것을 감수할 만큼 무트타르와의 대결은 내게 무척이나 숭고한 가치가 있었다.

당시에는 무트타르와의 대결이 내게 이만큼이나 크게 다가올 줄은 꿈에도 생각하지 못했지만 말이다.

―별일 없을 거야. 자하라는 허튼 마음을 먹지 못할 테니까.

자하라는 나보다도 흑천마검을 더 두려워한다.

비록 흑천마검이 무트타르의 마신을 사냥하겠다며 떠난 이후로 행방이 묘연해졌다지만, 자하라는 우리 둘의 자세한 사정까지는 알지 못한다.

나디아는 그녀가 허리띠에 꽂아 넣은 작은 곡도를 가만히 바라보고 있었다. 무술은 모르되 단지 호신용으로 지참하고 있는 그것이었다.

나는 나디아가 무슨 생각을 하고 있는지 어렴풋이 느껴졌다.

그래서 웃음이 났다.

―여기는 술탄의 궁전 안. 그 어떤 강인한 전사가 나를

지키고 있다 한들, 술탄이자 살라딘이기까지 한 자하라가 나쁜 마음먹는다면 아무도 나를 지켜 낼 수 없을 거다. 그럴 일은 없겠지만.

그래도 곡도를 바라보는 나디아의 굳은 얼굴은 풀어지지 않았다.

오히려 더 강한 열망이 꿈틀거리는 게 보였다.

남자로 태어났다면 진작에 무인의 길을 걷고 있을 그녀였다.

무재(武才)가 있고 성정 또한 그에 알맞으니, 늦은 나이에도 어느 정도의 성취를 이룰 수 있겠다는 생각이 들었다.

―하지만 너를 위해서라도 제 한 몸 지킬 수 있는 무공이 필요하겠지. 하지만 보다시피 내 몸이 이래서 할라를 수련할 수 없거니와, '신의 칼'의 수련법은 더더욱 모르니.

그런 내 의념에 나디아의 눈이 번쩍 떠졌다.

내가 무슨 뜻으로 그런 의사를 전했는지 모를 리가 없었다.

―동방의 무공이라도 괜찮나? 네가 알던 것들과는 많이 다를 텐데.

나디아는 기다렸다는 듯이 조금도 망설이지 않았다.

허리춤에서 칼을 꺼내더니 내가 말릴 새도 없이 제 오른 손바닥을 주욱 그었다. 그런 다음 심장이 위치한 왼쪽 가슴에 대면서 허리를 깊숙이 숙였다.

그것은 이쪽 사람들이 군주나 스승을 맞이할 때 하는 그들 고유의 예식이었다.

─네게 전수할 무공은 본교의 비전이니만큼 타인에게로 전수를 금(禁)하고, 네 일신을 지키는 목적으로만 쓰는 것에 허락하겠다.

"예. 주인님."

─네게 전수할 무공은.

문득 치밀어 오른 오래된 그리움에 말문이 막혔다.

─백화여후검법(百花女后劍法).

과거 중원에 여자의 몸으로 한 시대를 풍미한 절정고수가 있었다. 무림인들은 그 절정고수를 여후라고 불렀다.

여후는 말년에 백화도에서 은거하며 절세검공 하나를 창안하였는데 그것이 바로 백화여후검법이었으며, 그 마지막 진전이 닿았던 사람이 바로…….

내 그리운 연인…….

설아였다.

* * *

나디아가 우려하던 일은 없었다.

그녀의 말대로 우리를 향한 감시가 심해졌다고 느낄 법한 일들이 여럿 있었으나, 나는 몸이 완전히 낫기 전까지는 구태여 자하라를 자극할 생각이 없었다.

무트타르와의 대결을 복기(復棋)하면서 내상 치유와 백화여후검법을 전수하는 데에만 전념했다. 그렇게 일주일가량 지났을 때, 나디아가 뜻밖의 소식을 전했다.

바그다드에서 칼리프가, 그러니까 이슬람 제국의 황제가 자하라에게 사절들을 보내왔다는 것이다. 어쩐지 며칠 전부터 궁 안이 왜 이리도 시끌벅적한가 싶었다.

비록 내상이 완전히 치유된 건 아니었지만 운신하는 데에는 조금의 지장도 없었다. 나는 서둘러서 무트타르와의 대결로 못 쓰게 된 옷가지들 대신 이쪽 사람들의 의복으로 갈아입었다.

통이 넓어 통풍이 잘되는 아리비안 풍의 바지에 가시나무를 형상화한 무늬가 금실로 새겨진 웃옷을 입었다.

일전에 자하라가 보냈던 옷가지들이었는데 상의와 하의 외에도 터번도 있었다. 내가 아무런 생각 없이 터번마저 쓰려 하자, 나디아가 그런 나를 말리며 한마디 덧붙였다.

"터번까지 쓰신다면 칼리프께서 보내신 분들은 분명 주

인님께 호감을 가질 거예요. 하지만 주인님은 붉은 사막에서 오신, 그곳의 주인이십니다."

—네 말이 맞다.

"나디아가 주인님을 모시겠습니다. 이쪽으로."

나디아는 그 말과 함께 문을 열며 나갔다.

호위라면서 세워 놓은 복도 위의 감시병들이 우리를 쳐다보았다. 지금껏 객실 밖으로 나왔던 적이 없던 나였다.

모두들 아닌 척하면서도 꽤나 놀란 기색이 역력했다.

그런데 그들에게서 이상한 기류가 흘렀다.

필시 그들의 상관으로부터 나를 감시하라는 임무를 받았을 텐데도, 나를 바라보는 그들의 눈빛은 감시자의 그것이 아니었다.

마치 내 교도들이 그러했던 것처럼 나를 향해 고개를 숙였다.

그것이 나디아에게도 꽤나 뜻밖이었던 모양이다. 나디아는 어리둥절한 듯 주위를 두리번거리다가, 내게 속삭이듯 말했다.

"주인님은 모르실테지만, 밖은 모두 주인님 이야기뿐이에요. 어쩌면 칼리프께서 높으신 분들을 보내신 것도 주인님 때문인지도 모르겠어요. 그런데 어째서 주인님을 초대하지 않은 것인지……."

무슨 이유에서든지 바그다드에서 사람이 왔다는 건 내게 잘 된 일이었다.

자하라를 통하지 않고 바그다드 현지 사정을 들을 수 있는 기회였다.

나는 그들로부터 흑웅혈마와 교도들의 소식을 접할 수 있기를 기대했다.

보석 박힌 타일들로 아름답게 장식된 황금 복도를 따라 한참을 걸었다.

술탄들의 궁전이 대개 그런가 싶었다. 일전에 보았던 마슈하드 궁전 또한 황궁만큼이나 화려하고 웅장했는데, 테헤란 궁전도 그에 견주어 조금도 뒤처질 게 없었다.

"저쪽이 응접실이에요."

나디아가 복도 끝의 커다란 문을 눈으로 가리키며 말했다.

그곳의 문은 굳게 닫혀 있었으며, 그 앞에는 철갑을 입은 두 명의 이슬람 병사가 팔짱을 낀 채로 버티고 서있었다.

무장 상태부터 일반 병사와는 차원이 달랐다.

또한 중완의 할라에서부터 생명 에너지가 펌프질 되고 있었다. 결코 낮지 않은 실력을 지닌 무인임이 틀림없었다.

그럼에도 불구하고 내가 가까워짐에 따라 둘이 심하게 동요하기 시작하는 게 느껴졌다.

"문을 여세요. 붉은 사막의 왕께서 바그다드에서 온 칼리프의 사절들을 뵙고자 하십니다."

나보다 한발 앞서 걷고 있던 나디아가 걸어가던 그대로 말했다.

"누구도 들이지 말라 하셨다."

위엄 있는 한마디였다.

"살라딘께 붉은 사막의 왕께서 나오셨다, 전해 주십시오."

두 병사는 은근히 나를 바라보더니 주저하는 기색이 역력했다.

"붉은 사막의 왕께 잘 말씀드리거라. 술탄께서는 칼리프의 사절과 독대하고 계시니, 차후에 붉은 사막의 왕께서 오셨다 전하겠다고 말이다."

병사 중 하나가 나디아를 타이르듯 말했다. 목소리 크기가 작지 않았다. 내가 그들의 말을 알아듣지 못한다고 생각하는 것 같았다.

내가 가까이 다가가자 나디아는 공손한 자세로 뒤로 물러났다.

분명히 곤욕스러울 텐데도, 용케 표정을 잘 유지하고

있던 두 병사는 나를 향해 고개를 숙였다 들었다.

—비켜서라.

내가 의념을 보내는 순간, 둘의 눈이 휘둥그레 떠졌다.

"술탄께서 응대가 끝나실 때까지 아무도 들이지 말라 하셨습니다. 붉은 사막의 왕께선 저희들의 입장을 양해해 주십시오."

—나라고 해도 말이냐?

"……."

—아무도라. 그 말인 즉 나를 지칭해서 한 말이렸다?

"아, 아닙니다."

병사 하나가 반사적으로 둘러댔지만 그 모습에 더 확신 이 들었다.

—나는 들어가야겠다.

"들어가시지 못합니다."

꿀꺽.

그렇게 말한 병사의 성대가 크게 꿀렁였다. 두 병사는 중완의 할라를 통해 원기를 더 빠르게 순환시키기 시작했 다. 전완근으로 뚜렷하게 부풀어오는 혈관이 보였다.

하지만 언제라도 시미타를 꺼내 들 수 있을 긴장을 유 지한 상태인 반면 전의(戰意)는 느껴지지 않았다.

—들어가겠다. 애꿎은 살상은 원치 않으니 나를 막지

마라.

그 순간.

화악.

내 몸을 중심으로 하여 태풍과도 같은 기풍이 사방으로 몰아쳐 나갔다. 병사들이 쓰고 있던 터번은 벌써 날아가고 철갑 사이로 나와 있던 옷가지들은 금방이라도 찢어질 듯 아무렇게나 펄럭였다.

쿵!

응접실 문이 응접실 안으로 통째로 쓰러지며 큰 소리를 울렸다.

그때 두 병사는 겨우 시미타를 꺼내 들었다. 하지만 공격을 잠깐 주저하는 그 사이, 응접실 안쪽에서 자하라의 목소리가 들렸다.

"기다리고 있었습니다."

훤히 뚫린 저 안의 광경이 보였다.

널찍이 펴진 양탄자 위에 여러 사람들이 빙 둘러앉아 있었다.

상석에선 자하라가 나를 향해 온화하게 손을 내밀고 있었으며, 칼리프의 황궁에서 온 고관(高官)들이 놀란 얼굴과 함께 이쪽으로 몸을 반쯤 돌린 상태였다.

그때 보석 박힌 호화스러운 터번을 쓴 고관 하나가 자

리에서 일어났다. 갑자기 꾸민 환한 웃음으로 양팔을 활짝 벌리며 다가오는데, 나는 단번에 느낄 수밖에 없었다.

이것들이 무슨 작당들을 하고 있었던 것이 틀림없다!

*　　　　*　　　　*

이슬람 제국의 칼리프는 와지르라고 불리는 세 명의 재상(宰相)을 두어 그들에게 정사(政事)를 맡겼다. 와지르들은 칼리프를 대신하여 관료 및 조직들을 감독하기 때문에 실질적으로 칼리프에 견줄 만한 권력을 가진다.

지금 내 앞에서 가식적인 미소를 품고 있는 늙은 사내의 이름은 아브다 알 라만, 그 세 명의 와지르 중 한 명으로 삼십 년이 넘는 긴 세월 동안 와지르직을 역임하고 있다 하였다.

"소개는 이쯤하면 되었나요?"

자하라가 라만의 정치적 위치에 대해 간략하게 설명했다.

그러는 동안 라만은 목 아래까지 기른 수염을 쓰다듬으며 웃는 눈으로 나를 지그시 바라보고 있었다. 오랜 세월 정쟁(政爭)의 풍파를 이겨낸 이답게 속내 모를 얼굴이었다.

그와 함께하고 있는 네 명의 사내 또한 나를 주시하고 있었다.

성기, 단전, 중완, 목, 그렇게 각기 다른 곳의 할라를 극도로 수련한 고수들로 라만의 호위 무사인 것이 분명했다.

"말씀 많이 들었습니다."

라만이 걸걸한 목소리로 말했다.

"붉은 사막의 왕을 만나 뵙게 돼서 영광입니다. 그렇게 서 있으시지만 말고, 제 옆으로 와서 앉으시지 않겠습니까?"

라만이 슬쩍 눈치를 주자, 그의 옆에 앉아있던 호위 무사가 자리를 비켜 주었다. 동시에 나머지 호위 무사들도 앉은 자리에서 일어나 뒤편으로 이동했다.

자하라는 푹신한 방석 위에 비스듬히 누운 채로 라만의 옆자리를 턱짓으로 가리켰다.

나는 차분히 그 자리에 앉으며 라만에게 의념을 보냈다.

—바그다드에서 오셨다고 들었소만?

그 의념은 내가 미간의 할라를 수련했다는 증거였는데도, 라만은 놀라지 않았다.

"그렇습니다. 그리고 이것은⋯⋯."

그러면서 라만이 소매에서 꺼낸 것은 장인의 손길이 닿은 고급스런 보석함이었다.

그 안에는 엄지손톱보다 커다란 보석이 박힌 반지가 들어 있었다. 굵은 금테 위로 초록빛 영롱한 에메랄드가 물려 있었으며, 금테에는 이쪽의 문자가 아주 작게 새겨져 있었다.

"칼리프께서 전하(殿下)께 보내는 친선 선물로, 그간 붉은 사막 안에서 우리 제국의 카라반들을 안전하게 보호해 주신 성의입니다."

라만은 그 말과 함께 보석함을 내 무릎 앞에 놓았다.

─고맙다 전해 주시오.

"예."

내가 문을 부수며 들어오면서 분위기가 잠시 흉흉해졌었다.

하지만 우리는 서로 약속이나 한 듯 그에 대해선 조금도 언급하거나 내색하지 않고 있었다.

─내 직접 바그다드로 가려 했소. 그런데 와지르가 이리 와주시니 내 수고가 덜었소.

"그 얘기는 들어 알고 있습니다. 그렇지 않아도 동방으로 가는 길목이 막혀 우리 제국으로서도 손해가 이만저만이 아닙니다. 하루속히 전하께서 붉은 사막의 왕좌를 다시 찾으시길 진심으로 바라는 바입니다."

─살라딘 자하라가 지원을 약속하였으니 내 돌아가는
날, 왕좌를 다시 찾을 수 있을 것이오.

"전하께서는 살라딘 무트타르를 이긴 '신의 전사'이시
기도 하시니 믿어 의심치 않습니다."

─허나 내 사람들을 찾아야 돌아갈 수 있지 않겠소? 내
사정을 잘 알고 있다니 와지르는 대답해 보시오. 그렇지
않겠소?

"예. 칼리프께서도 전하의 사정을 심히 안타깝게 생각
하시어, 제게 전하를 도울 방법을 찾고 모든 지원을 아끼
지 말라 하셨습니다."

─여기에 온 목적이 바로 그것이오? 칼리프께서 나를
돕기 위해 그대를 보낸 거요?

"전하를 도울 수 있는 방법을 찾는 것 또한 큰 목적이기
는 하나, 칼리프께선 살라딘 간의 이끄타(iqta:영토) 싸움
에 지대한 관심이 있으셔서 저를 보낸 것입니다."

그쯤에서 자하라가 끼어들었다.

"어찌 됐든 잘된 일이에요. 칼리프께서 당신의 사정을
알고 도우시겠다 하시잖아요."

나는 그 말을 무시하고 다시 라만 쪽으로 시선을 돌렸
다.

─내 수족인 흑웅혈마가 떠나면서 남기길, 평소 본교와 친밀하였던 제국의 상단주에게 의탁하기 위해 바그다드로 간다 하였소. 그렇게 십만 명이 넘는 사람이 바그다드로 떠났소. 정녕 여기에 대해 아는 바가 없소?

"그 문제에 대해선 살라딘 자하라에게도 답을 보냈지만, 그렇게 많은 이국인들이 바그다드로 온 적이 없습니다. 들은 적도 없습니다. 뿐만 아니라 인근에라도 들린 적이 있다면 제가 왜 모르겠습니까. 자그마치 십만 명이라 하셨습니다."

─십만 명이 넘는 많은 사람들이 갑자기 행방불명되었소. 이게 가당키나 한 소리 같소? 와지르의 생각은 어떻소?

"당장 제국 각지로 사람들을 보내 행방을 추적토록 하겠습니다. 헌데……."

─헌데?

"십만 명이나 되는 사람들이 갑자기 사라져버렸습니다. 악마가 개입하지 않고서야 이게 가능한 일이겠습니까."

─지금 악마라 하셨소?

"붉은 사막의 왕께서 오신 동방에는 악마가 없다 합니다."

자하라가 라만에게 말했다. 그러자 라만은 이해하지 못

하겠다는 표정으로 잠깐 말이 없더니, 설명하는 투로 말하기 시작했다.

"진(jinn)에는 신을 믿는 선한 진과, 신을 믿지 않는 악한 진이 있습니다. 위대한 신에 반(反)하여 온갖 역병과 악행들을 저지르고 다니는 것들이 바로 악마. 신을 믿지 않는 악한 진들입니다. 만일 그것들이 개입되었다면 마스지드 또한 동원해야 하기 때문에, 적지 않은 시간이 필요할 것입니다. 그러니 전하께서는 저를 믿어주시고 적정한 시간을 주십시오. 제가 전하의 사람들을 찾아내겠습니다."

노쇠한 고관(高官)은 그렇게 말을 끝냈다.

ㅡ테헤란에는 언제까지 머무시오?

"전하께서 붉은 사막으로 돌아가실 때까지, 옆에서 도와드리겠습니다."

*　　　*　　　*

객실로 돌아가는 길에 술탄 궁으로 들어오는 귀족들의 행렬이 보였다.

정식 부인과 자제들을 총동원하고 있었을 뿐만 아니라, 노예들로 하여금 노새가 끄는 수레들을 몰며 오고 있었다. 굳이 들춰 보지 않더라도 그 안은 자하라에게 바칠 온갖 공물(供物)들로 가득할 것이다.

이번의 영지전으로 살라딘 무트타르의 영토까지 취하게 된 자하라는 강력한 군주로 부상하고 있었다.

더욱이 마침 대(大) 권력가인 와지르까지 자하라의 승리를 축하하기 위해 왔다 하니, 인근의 모든 이슬람 귀족들은 하나도 빠짐없이 저녁 연회에 참석하고 있는 중이었다.

─연회에 참석할 준비를 해라. 나디아.

"떠나시지 않고요?"

자하라와 와지르 라만은 내게 숨기는 뭔가가 있었다. 뿐만 아니라 둘은 아닌 척해도, 어떻게든 나를 이 궁전 안에 붙잡아 두려는 둘의 의도를 느낄 수 있었다.

뿐만 아니라 와지르 라만이 여기에 온 진정한 이유까지 어렴풋이 느낄 수 있었다. 나를 돕기 위해 왔다는 것은 명분에 불과할 뿐, 그는 칼리프가 내 곁으로 붙인 감시자였다.

그래서 떠나고자 했었다.

나를 배신한 것이 분명한 자하라가 무척이나 괘씸하고 그 대가를 물어야 한다만 때와 장소가 맞지 않았기에, 처벌을 추후로 미룬 채로 말이다.

하지만.

—마음이 바뀌었다. 오늘 네게 맡길 일이 있다.

"예."

—연회에서 내가 자하라를 붙잡아 두고 있는 사이, 너는 자하라의 시선이 미치지 못하는 곳을 돌아다니며 정보를 모아라. 무엇인지는 알겠지?

"붉은 사막에서 건너 온 사람들에 대한 것이지요?"

—자그마치 십만 명이 넘는 많은 사람들이 이곳으로 왔다. 행방을 알 수 없다는 건 말이 안 되지.

"맞아요. 그런데 와지르께서 하신 말씀처럼……."

신을 섬기지 않는 진? 악마? 그 영적인 존재가 십만 명이 넘는 사람들을 감쪽같이 숨길 수도 있다고?

코웃음만 나올 뿐이다.

하지만 이 땅에서 자란 나디아는 그 말을 적잖게 믿는 눈치였다.

—그 말은 무시해라. 자하라와 와지르가 내게 숨기는 게 있다. 아마도 교도들의 행방에 관한 것일 테지. 그들이 무엇을 숨기고 있든, 십만 명이 넘는 사람들이 움직인 만큼 그 흔적이 남아 있을 터. 너는 그것을 알아봐야 한다. 할 수 있겠지?

"예."

—단! 자하라와는 절대 마주치지 말아야 한다. 왜 그런

지는 알겠지?

나디아가 고개를 끄덕거렸다. 자하라와 마주치는 순간, 그녀는 나디아의 의식 속에서 지금의 대화를 읽어 낼지도 모른다.

─쓸모없는 것이라도 좋다. 흔적이 분명히 남아 있을 것이다.

"예."

나디아는 뭇 사내들보다 믿음직스런 눈빛으로 화답했다.

"그런데 제가 아무것도 알아내지 못한다면……."

사람을 물로 본 대가를 치르게 해줘야겠지.

하지만 나는 아무런 말없이 나디아의 어깨를 토닥였다.

"곤욕을 치르는 건 그들이겠군요."

내 생각을 읽은 것일까.

나디아가 중얼거리듯 말했다.

*　　　*　　　*

그날 저녁.

타악기의 선율이 벌써부터 복도 가득히 울리고 있었다.

겨우 가슴과 하반신만 가린 무용수들이 향로가 피어올

린 연기 안개 속에서 하늘하늘 춤을 추고 있었으며, 장내 전체에 깔린 양탄자 위의 푹신한 방석에는 수많은 사람들이 자유롭게 눕거나 앉아서 시녀들이 가져다주는 음식을 먹고 있었다.

그러다 지나치는 시녀들의 가슴과 엉덩이를 희롱하면, 시녀들은 오히려 색기 어린 눈웃음을 흘겼다.

자하라와 늙은 라만은 벌거숭이 사내들과 미녀들이 한데 난잡하게 어우러져 있는 저 상석에 나란히 앉아 무용수의 열정적인 춤을 지켜보고 있었다.

장막을 걷으며 연회장 안으로 한 발자국 들이밀었다.

모두의 시선이 내게 쏠렸다.

"왔어. 저길 봐."

"저 사람이?"

거의 모든 사람이 쑥덕거렸다.

"오셨군요!"

자하라는 가슴과 허벅다리 전부를 드러낸 아슬아슬한 복장이었다. 그녀가 일어서자 풍만한 가슴이 출렁였다. 그러나 누구도 살라딘 자하라의 육감적인 몸매를 똑바로 쳐다보는 이는 없었다.

오로지 라만만이 자하라의 뒷모습을 바라보면서 턱을 쓰다듬을 뿐이었다.

"살라딘 무트타르를 이기신 붉은 사막의 왕이십니다."

자하라의 말이 끝나기 무섭게, 타악기의 선율이 더욱 빠르고 정열적으로 변했다. 무용수들이 선율에 맞춰 더 빠르게 골반을 튕기고 가슴을 흔들기 시작했다.

묵묵히 걸어가 상석으로 올라갔다. 그리고는 내게 눈인사를 건네는 와지르에게 마찬가지로 짧게 고개를 끄덕여 준 후, 자하라 옆에 앉았다.

좌측 통로에서 들어온 이슬람 미녀 여섯이 나를 에워쌌다. 야릇한 향이 났다.

그네들의 가슴이 얼마나 아름다운지, 입술은 얼마나 부드러운지, 허벅다리는 얼마나 매끄러운지. 이를 말하려는 몸짓들이 사방에서 벌어졌다.

그러던 중 싸늘하게 굳어 있는 내 표정을 의식한 라만이 이쪽으로 건너왔다.

"동방의 연회와는 많이 다를 겁니다. 하지만 아무쪼록 즐겨 주십시오."

그가 웃으며 말했다.

즐겨 달라?

—와지르.

"예. 전하."

—내가 두렵지 않은 모양이오?

"무슨 말씀이신지요."

와지르의 웃는 얼굴은 아직도 여전했다.

―자하라. 너는 내가 왜 여기에 왔다고 생각하나?

반면에 내게서 무슨 낌새를 느꼈는지, 자하라의 얼굴이 살짝 굳어졌다.

"원래는 이 자리에 참석하지 않고 떠나려 하였지. 하지만 이 연회의 끝이 궁금해졌어. 내가 너희들을 어떻게 할까."

"무엇이 당신을 그토록 화나게 만들었나요?"

"자하라. 네가 대답해 보길. 내가 너희들을 모두 죽일 것 같은가?"

"무슨 이유인지 모르겠지만, 오해한 것이 분명하겠지만 대답하라니 대답하죠. 당신은 무력을 맹신하지 않는 사람이에요. 라이스 아 톳자르(ra' is al—tujjar: 카라반 상단의 우두머리)들 만큼이나 계산에 능해요. 내가 묻고 싶군요. 무엇 때문에 그리 화가 났는지 몰라도, 여기에서 우리를 죽여 얻는 게 클까요. 잃는 게 클까요. 대체 왜 그리 화가 난 거죠?"

"아주 자신만만해 보이는군."

"그럴 리가요. 그날 당신이 무트타르와 싸우는 모습을 본 사람이라면 그 누가 당신을 두려워하지 않을 수 있을까요. 나라고 해도 말이죠."

"헛소리는 집어치워라. 너와 라만이 나를 속이고 있음을 내 모를 것이라고 생각하지는 않았겠지. 그럼에도 불구하고 이리 뻔뻔하게 구는 것은 내가 그것을 감수할 것이라 생각했던 탓일 테지. 교활한 여자인 줄 알았지만 생각보다 아둔하잖아. 너는 군주 된 자에게 제일 중요한 것이 무엇이라 생각하지?"

자하라는 말없이 나를 바라보기만 했다.

"위신(威信)! 위엄과 신망. 그것보다 중요한 게 있을까. 그것이 있은 다음에야 따르는 백성이 있고 지켜내야 할 땅이 있는 것이다. 자하라. 너도 군주 된 자이니 내 무슨 말을 하는지 알겠지. 크크크."

나는 흑천마검처럼 웃었다.

"너희를 죽이고 내가 얻는 것은 위신이요, 잃는 것은 불편함뿐이다."

돌아가는 분위기가 이상하다 느꼈는지 와지르가 웃는 낯으로 끼어들려 하였다.

자하라는 그런 와지르의 가슴을 지그시 눌러 억지로 눕혔다.

그리고는 그에게 별일 아니라는 듯이 고개를 저어 보였는데, 자하라가 와지르 라만의 눈치를 심하게 보고 있다는 것을 느낄 수 있었다.

─당신은 생각보다 참을성 없는 사람이로군요. 아직 시간이 더 남아 있을 줄 알았는데……. 좋아요. 화를 내고 밖으로 나가세요. 제가 뒤따라 나가죠. 이것만은 알아두세요. 만일 일이 잘못되면 그건 당신 탓이지 내 탓이 아니에요.

자하라의 의념이 전해왔다.

나는 얼굴을 일그러트리며 자하라와 라만을 노려보았다.

라만이 뭐라 말하려는 그때.

나는 한 박자 먼저 화를 터트리면서 자리에서 일어섰다.

악사들이 놀라서 연주를 멈췄고 무용수들도 놀란 눈으로 이쪽을 바라보았다. 갑자기 싸늘해진 분위기에 이슬람 귀족들은 어리둥절한 표정이었다.

좌측 통로로 나갔다.

아치문을 통과해 뜰로 걸어 나가는 도중, 내 뒤를 쫓는 자하라의 기척이 느껴졌다.

─왜 절 믿지 못하는 거죠?

따가운 시선이 뒤통수를 찔렀다.

─신중한 사람인 줄 알았는데, 정말 저와 와지르를 벨

생각이었던 건가요?

　―그리하지 못 할 것 같았나?

　―당신이 마음먹는다면 저와 와지르의 목을 벨 수 있겠
죠. 그다음에는요? 제국 전체를 적으로 돌려놓고도 무사
할 수 있을 거라고 생각했던 건 아니지요?

　―너희들이 이 나를 어떻게 할 수 있을 것 같은가?

　―아직도 모르겠어요? 당신을 말하는 게 아니잖아요.
당신이 와지르를 죽이면, 당신의 사람들이 무사할 것 같
냐고 묻는 거잖아요.

　―이제야 이실직고(以實直告)하는군. 내 사람들을 어쨌
지?

　불길했다.

　흑옹혈마와 교도들에게 무슨 안 좋은 일이 있지 않고서
야, 이것들이 작당하고 숨길 이유가 없다고 생각했다.

　바람마저 건조한 게, 몹시 불쾌하게 느껴졌다.

　―당신이 이럴수록 와지르는 당신을 견제할 거예요.

　―우습군. 우스워. 너와 그치의 목숨을 걱정해야 하지
않겠어? 네 대답 여하에 따라 이 연회의 끝이 결정될 테니
까.

　―당신의 사람들이 안전하다고 말한다 한들, 내 말을
믿기나 하겠어요?

—그럼 처음으로 돌아가지. 왜 나를 속였는지부터 시작할까?

　—이제야 당신다워요. 그래요. 거기서부터 시작하죠.

　자하라는 조금 안심됐다는 태도였다.

　—대답이나 해. 너는 바그다드에 흑웅혈마와 교도들이 없다 하였어. 뿐만 아니라 그들의 행방을 모른다 하였지.

　—그건 사실이에요.

　—아니.

　—사실이에요. 지금도 저는 당신의 사람들이 어디에 있는지 모르니까요.

　—넌 먼 곳을 보고 앞날을 볼 수 있어.

　—칼리프는 '신의 대리자' 예요. 그분께서 관여하신 일에 제가 끼어들 수 있을 것 같은가요?

　—그 말인즉?

　—칼리프께서 당신의 교도들을 돌보고 있어요.

　기가 차서 웃음이 터져 나왔다.

　당장에 이 여자의 목을 비틀어 분근착골의 수법으로, 모든 사실을 토해내게 만들고 싶었다.

　그녀는 그런 나를 의식하고는 성큼성큼 걸어 나가기 시작했다. 그렇게 인적이 없는 외곽 뜰까지 나와서야 그녀가 걸음을 멈췄다.

거대한 보름달이 우리 머리 위에 있었다. 그것을 한참이나 바라보던 자하라가 내 쪽으로 몸을 돌리며, 나를 지그시 바라보았다.

그 눈동자에 연정(戀情)이 담겨 있다고 느끼는 건 단순한 내 착각일까?

—처음부터 그렇게 말했다면 당신은 바그다드로 떠났겠죠. 그리고 당신은 거기에서 죽음을 피할 수 없었을 거예요. 바그다드에서 멀리 떨어져 있기에, 이렇게 살아있다는 걸……. 어떻게 말해야 믿을 수 있을까요.

—잡소리는 그쯤하기로 하지. 칼리프가 내 교도들을 돌보고 있다?

—당신이 우려하는 대로예요.

—그럼에도 불구하고 나보고 바그다드로 가지 말라는 것인가? 교도들이 어떤 위험에 처해 있는지도 알지 못하면서?

—칼리프께서 그대의 사람들을 돌보고 있는 건 결코 좋은 이유에서가 아닐 거예요. 와지르가 여기에 온 것이 그걸 증명하죠. 와지르는 당신이 바그다드로 오는 걸 막기 위해 왔어요.

—돌보고 있다는 말은 집어치워. 칼리프의 목적이 뭐지?

―알 수 없어요.

―와지르는 알고 있겠지.

―그를 겁박한다고 달라지는 건 없어요.

―분근착골을 당해도 달라지는 게 없을까.

―제 말은 그런 게 아니에요. 칼리프의 목적을 안다 하더라도 당신이 할 수 있는 일이 없다는 거예요. 명만 재촉하는 일이에요.

대화가 헛돌고 있었다.

그러는 데에는 자하라가 나보다도 이슬람 제국의 칼리프를 무척이나 두려워하고 있기 때문이었다.

냉정하게 생각해 볼 때 그건 섣불리 이해가 되지 않는 일이었다.

자하라는 내 힘에 대해서 누구보다도 잘 알고 있었다.

무트타르를 이긴 순전한 무력(武力)뿐만 아니라, 흑천마검과의 관계까지 알고 있었음에도 불구하고.

자하라의 말 속에는 붉은 사막의 왕은 결코 칼리프를 대적할 수 없다, 라는 전제가 깔려있었다.

―칼리프의 무엇이 그토록 널 두렵게 만드는 것이지?

―세상일에 전지(全知)하신 분이시기 때문이죠. 칼리프께선 모든 걸 알아요.

―네게서 그런 말을 듣게 될 줄은 몰랐군.

자하라야 말로 세상 사람들이 두려워할 존재다.

인간의 한계를 뛰어넘은 신체 능력 때문이 아니라, 그녀가 개발시킨 '세 번째 눈' 때문에 그렇다. 그녀 앞에 서면 숨길 수 있는 것이 없으니까. 심지어는 앞날과 먼 곳까지 볼 수 있다 하지 않은가.

—칼리프 또한 미간의 할라를 수련한 모양이지?

—위대한 신의 대리자인 칼리프를 저를 통해 보지 말아요. 지금 우리가 나누는 의념 또한 그분께선 아실 테지요.

광신도가 따로 없었다.

한 대상을 맹목적으로 추종하는 사람과는 상식적인 대화가 통하지 않는 법이다.

다만 평범한 필부가 아니라 미간의 할라를 입신의 경지까지 수련한 이 여자가 그렇다는 것이 신기할 뿐이었다.

물론 그만큼이나 칼리프가 대단한 능력의 소유자라는 것을 반증하는 것이겠지만.

—그 얘긴 그만두지. 중요한 건 내 교도들의 안위를 와지르가 알고 있다는 것이다. 그러면 내 교도들이 어디에 있는지, 무슨 봉변을 당하고 있는지 잘 알 터.

—당신이 저를 믿고 조금만 참고 기다려주었다면 이렇게까지 일이 꼬이지 않았을 거예요. 와지르의 의심을 풀고 있었는데……. 지금 이 일로 그는 완전히 알아챘겠죠.

─뭘.

─제가 칼리프를 배반했다는 것을요.

─그랬나?

자하라의 눈이 매섭게 떠졌다.

─당신을 돕고 있잖아요.

─그 말 또한 모순이군. 제국의 칼리프는 모든 걸 알고 있다 하지 않았나? 그렇다면 와지르를 보낼 때 칼리프는 네 속셈을 전부 알고 있었다는 것인데?

─그래도 나는 당신을 돕고 있는 거예요. 이제 알겠어요?

─내게 연정이라도 품고 있는 것인가?

─왜요. 안 될 것 없죠.

─쓸데없는 소리는 집어치우고 이제 어떻게 할 거지?

─우리가 어떻게 할지보단, 와지르가 어떻게 나올지 지켜봐야 하지 않겠어요? 당신이 동방으로 돌아간다면 아무런 일도 일어나지 않겠지만…… 그럴 일은 없겠죠.

─만일 너희들의 칼리프가 내 교도들을 해쳤다면 이 제국은 결코 온전치 않을 것이다. 내 교도들에게 별고가 없길 바라야 할 것이야.

─그 말은 제가 아니라 와지르에게 할 말이죠. 저는 아직 당신에게 고맙다는 말도 듣지 못했어요.

—나를 기만한 것을?

　—칼리프의 위대한 능력을 모르니, 당신이 칼리프를 두려워하지 않는 건 당연하겠죠. 그렇다 해도 바그다드로 갈 생각은 말아요. 거긴 이제 적진인 셈이니까요.

　—일단은 와지르.

　—무슨 수를 써도 당신을 말릴 수 없겠죠. 마음대로 하세요. 대신 전해도 말했듯이, 이후에 벌어지는 일은 전부 당신 책임이라는 것만 알아두세요.

　—그자를 심문할 것이다.

　—그러세요. 그 뒤를 감당할 수 있다면.

　—자하라. 너도 피할 수 없다.

　—그러세요. 얼굴만 피한다면.

　—분근착골(分筋錯骨)을 우습게보고 있군.

　—그럴 리가요. 그게 무엇인지 당신의 기억 속에서 이미 보았잖아요. 벌써 잊었어요? 나는 당신을 나의 카이파(ka'i—pa: 영적 수련의 동반자)로 받아들였어요. 하지만 당신은 아니죠. 분근착골이라는 고문술이 당신의 신뢰를 가질 수 있는 방법이라면……. 그러세요.

　아무 말 없이 자하라를 바라보았다.

　—왜요. 내게 어떤 속셈도 없다는 걸 알게 된다는 게, 설마 겁이 나는 건 아니죠? 전 언제든 준비가 되었어요.

제가 먼저인가요. 와지르가 먼저인가요.

　—당연히.

　내 집게손가락 끝이 자하라를 가리켰다.

＊　　　＊　　　＊

　—그전에 하나 묻고 싶군.

　—네.

　—네 능력이라면 와지르의 기억을 읽을 수 있을 텐데.
왜 그것에 대해선 말하지 않는 거지?

　—그건 불가(不可)해요.

　—그렇겠지.

　—할 수 있었다면 그리했을 거라는 생각은 안 드나 보
죠? 디완(divan)의 대신들에겐 금제가 걸려있어요.

　디완, 이슬람 제국의 최고 정부 조직으로 일종의 내각
을 일컫는 말이다.

　—금제? 말은 쉽군.

　—그런 금제가 없었다면 저와 같은 세 번째 눈을 가진
사람들로부터 디완을 어떻게 보호할 수 있었겠어요. 당신
은 우리에 대해 모르는 게 많아요. 더 무슨 말이 필요하겠
어요. 오래 걸리지 않는다면 지금 바로 심문을 시작하죠.

아무리 당신으로부터 오는 것이라도, 더 이상의 조롱은 견디기 어려우니까요. 와지르가 어떻게 나오던지 간에 이런 상황, 신물이 나네요.

　—그렇게 원한다면.

　우리는 내가 머물고 있는 방으로 자리를 옮겼다. 자하라는 내 방을 중심으로 경계를 서고 있던 병사들을 모두 물렸다.

　—지금쯤이면 와지르는 제가 칼리프를 배반한 것을 확신하고 있겠죠.

　—그래도 여기는 네 궁전이지. 제아무리 칼리프라 할지라도 심증만 가지고는 군대를 일으키지 않을 것이다.

　—하지만 당신이 와지르의 몸에 손을 대는 순간, 당신은 많은 걸 걱정해야 할 거예요. 그는 칼리프의 대리인이죠. 태양 아래선 무트아(mut'a)의 지식을 받은 성자들과 인한 예니체리가 당신을 쫓고, 달빛 아래선 사라프(sarraf) 암살단이 자는 당신의 목을 노리겠죠. 물론 대단한 당신께선 그들이 두렵지 않겠죠. 그럼 당신의 사람들은요? 칼리프가 당신의 사람들을 가만두지 않을 텐데요.

　—바그다드에선 와지르가 죽은 지 모를 것이다.

　—그게 무슨 말이에요.

　—너 또한 나에 대해 모르는 게 많지. 그 늙은 대신보다

는 네 걱정을 해.

　―분근착골. 그 고문술이 모든 사실들을 토로하게 만든
다고 확신하나요?

　―사실을 토해내거나 혹은 죽거나. 하지만 너는 죽고
싶지 않을 테니 사실을 말할 수밖에 없겠지.

　―좋아요. 그렇게까지 확신을 가지고 있다니, 나중에
말을 바꾸진 않겠군요.

　―자신만만하군.

　"흥."

　자하라는 콧방귀와 함께 침대 끝에 걸터앉았다. 나는
그녀 앞에 우뚝 섰다. 지금껏 태연하던 그녀가 몸을 떨기
시작했다.

　―당신의 기억을 통한 육신의 반응일 뿐.

　자하라가 별일 아니라 듯한 얼굴로 차분히 두 눈을 감
았다.

　자하라는 줄곧 일관된 입장으로 억울하다 항변했었다.
겉으로는 연정 때문에 나를 위해 중요한 사실을 숨겼다는
것인데, 그 말을 곧이곧대로 믿기에는 그녀에게 가진 신
뢰가 조금도 없었다.

　심문을 통해 사실을 확인해야겠다는 마음은 결국 끝까
지 달라지지 않았다.

심문 방법으로 분근착골 만한 게 없다.

눈알을 뽑고, 손마디 마디를 하나하나 자르면서 소금을 붙이는 건 잔혹하기만 할뿐 분근착골이 가져오는 고통에는 비할 바가 못하다.

치욕스런 성고문은 어떤가. 잠을 재우지 않는 것은 어떤가.

자존감을 건드리고 본능을 억누르면서 이지(理智)를 파괴한다지만, 분근착골은 그런 비인륜적인 방법을 쓰지 않고도 고통만으로 그 이상의 효과를 가져 온다.

더욱이 지금껏 적지 않은 경험을 쌓았던 덕분에 피고문자의 피해를 최소화하면서 심문을 마칠 수가 있었다.

자하라의 손목을 움켜쥐자, 그녀의 미간이 꿈틀거렸다.

―시작하지.

꿀꺽.

침을 삼켜 넘기는 자하라의 그 소리가 유난히 크게 들렸다.

*   *   *

외부로 나가는 음성을 공력으로 막고 있었다.

"크아아아악!"

자하라가 처절한 비명을 지르며 몸부림치고 있었어도 병사들이 들이닥친 않은 데에는 그만한 이유가 있었다.

—내게 한 거짓이 무엇이지?

"없…… 없어."

—내게 한 거짓이 무엇이지?

자하라는 아무렇게나 고개를 저어댔다. 나는 똑같은 물음만을 반복했다.

특히나 의념을 통한 정신체로 즉각적인 전달이니만큼 그 지배력은 지금까지의 분근착골보다 더 높아졌을 것이다. 그럼에도 불구하고 자하라는 완강히 부인하고 있었다.

구주일일 같은 경우엔 삼급(三級)의 분근착골만으로도 내게 굴복했다.

내 임의대로 분근착골을 일급부터 삼급까지 나눴다지만, 사실상 이급이상의 분근착골을 시전한 적은 딱 한 번이었다.

존 크레이.

뉴욕에서 활동하는 사립탐정이었던 그는 고통을 견뎌내는 sere 훈련(심문거부훈련)을 받았던 것으로 추정된다.

그는 삼급의 분근착골을 끝까지 버텼고, 결국 나는 분근착골의 강도를 이급으로 끌어올릴 수밖에 없었다. 그

결과 그는 모든 사실을 토설하면서 즉사하고 말았다.

"크아아악."

강도를 이급으로 한층 더 끌어 올리자, 그렇지 않아도 목청 찢어질 듯 내지르던 비명이 더 커졌다.

자하라는 삼급의 분근착골에서 벌써 제 옷을 찢으며 발광했던 탓에 나신인 상태였다. 긴 손톱으로 제 피부를 갈기갈기 찢으며 고통스러워 하다가, 눈을 뒤집어 까면서 온몸을 파르르 떤다.

그것은 죽기 일보 직전의 경련처럼 보였다.

—내게 한 거짓이 무엇이지?

"…… 없…… 어."

이급의 분근착골에서도 그녀의 대답은 똑같았다. 믿기 힘들지만 흑심(黑心)이 없었다던 그녀의 말은 사실이었던 것으로 밝혀졌다.

하지만 나는 바로 멈추지 않았다. 적지 않은 시간 동안 그녀가 극한의 고통 속에서 몸부림치도록 내버려 뒀다.

그럼에도 불구하고 그녀는 끝까지 동일한 대답만 하였다.

처음부터 죽일 마음이 있다면, 그녀의 목숨은 아랑곳하지 않고 강도를 일급까지 올릴 수 있었다. 그러나 더 이상은 위험하다. 영적인 수련으로 강인한 정신력을 소유한 그녀라도 더 이상은 그녀의 육신이 버티질 못한다.

다른 사람이었다면 진작에 죽고도 남을 시간이었다.

나는 분근착골을 중단하고, 자하라의 어깨를 지그시 밀었다.

휙.

자하라의 몸이 돌아갔다. 그녀의 뒤에 가부좌를 틀고 앉아 손바닥을 등에 댔다. 그리고는 그녀의 몸 안으로 공력을 불어넣었다.

이미 원기의 움직임이 이상했다. 바퀴 돌듯 자연스럽게 몸 전체에 흐르고 있어야 할 그것이 군데군데 맥이 끊겨 있었다. 그것은 죽기 일보 직전의 사람의 몸에서 벌어지는 현상이었다.

—비틀린 기혈은 내가 바로 잡아 주겠다. 원기가 제 움직임을 찾을 때를 기다려, 네 몸은 네 스스로 치유해야 할 것이다.

무림인이었다면 결코 살아날 방도가 없겠지만.

—부질없이 가고 싶지 않다면 정신을 바짝 차려야 할 것이야.

나는 자하라의 할라에서 오는 재생력을 믿었다.

* * *

"크흐흐……. 크흐흐흐……."

괴이한 웃음소리가 흘렀다. 분근착골의 고통으로 미쳐버린 게 아닐까 싶을 정도로, 자하라는 광적(狂的)으로 웃기 시작했다. 그러면서도 이성은 되돌아왔는지 나신이 된 몸을 이불로 감싸는 것이었다.

한참을 그렇게 웃던 그녀가 겨우 웃음을 억누르며 나를 쳐다봤다.

─이걸 와지르가 겪는단 말이죠? 그 늙은이가? 똥오줌을 지릴 텐데요?

자하라는 다시 배를 움켜쥐고 꺄르르 웃었다.

─그건 그렇고 당신의 신뢰를 얻는 대가가 참으로 크군요.

그녀는 겨우 살아났다. 그것은 오로지 그녀였기에 가능한 일이었다.

─이젠 절 믿어야 해요.

선명한 의념과는 달리 그녀는 숨을 헐떡이고 있었다. 가쁜 숨만큼이나 땀으로 흠뻑 젖은 몸을 부들부들 떨리고 있어서, 꼭 물에 빠진 생쥐 꼴과 다를 바 없었다.

─그럼 말해 봐요. 그 늙은이는 이 끔찍한 심문을 결코 견딜 수 없죠. 꼼짝없이 죽고 말 텐데, 바그다드에는 어떻

게 숨길 생각인 거죠?

―네가 그를 호위하고 있는 호위 무사 넷을 제거하
면…….

―하면요?

드르르륵.

두득.

뼈마디끼리 부딪치고 이리저리 굴리는 소리가 내 전신
에서 울렸다.

근육이 비틀리면서 어떤 곳은 줄어들고 어떤 곳은 부풀
어 오른다. 눈높이가 다소 내려왔다는 걸 느낀 그때, 내
피부는 벌써 거무틱틱하게 변해져 있었다.

자하라는 변해가는 내 모습을 응시하면서 고양이처럼
침대 위를 기어왔다.

"아!"

―그것이 바로 역용술이군요.

박물관 속 표본을 보듯, 그녀가 신기한 눈으로 내 전신
을 위아래로 훑었다.

―만져 봐도 될까요?

내 대답보다 먼저 자하라의 손길이 내 얼굴을 스치고
지나갔다.

―역시 환영은 아닌데, 어떻게 이럴 수가 있죠?

—네가 보기엔 어떻지? 통할 것 같은가?

　—와지르의 맘루크(mamluk)들에게도 통하겠는데요?

　—맘루크라면. 그를 호위하고 있는 넷을 말하는 것이겠지?

　—그렇죠. 음성은 어떤가요?

　"그치의 것과 동일하지."

　내 목소리를 들은 자하라의 눈에 이채가 서렸다.

　—설마 그의 기억도 가지고 있는 건 아니겠죠?

　—겉만 바꾸는 것뿐이다.

　자하라는 잔뜩 흥분이 오른 얼굴로 고개를 끄덕였다. 하지만 그것도 잠시뿐, 자하라는 다소 자신감이 없어진 표정으로 시선을 돌렸다.

　서쪽에 있는 창밖.

　바그다드가 있는 방향이었다.

　—당신이 이렇게까지 마음먹었는데 와지르가 죽음을 피할 수는 없죠. 계획도 나무랄 데가 없고요. 그는 엄청난 고통에 몸부림을 치다 죽고 말겠죠. 그런데 칼리프께선 이를 모르실 리가 없어요. 그럼에도 불구하고 와지르를 당신에게 보냈다는 것은 와지르의 죽음을 용인한 것과 다름없는데…….

　—소문이 과장된 것이지. 전지하다면 그것이 인간인

가? 신이지.

—칼리프는 신의 대리자예요.

—내 교도들 또한 나를 그렇게 부르지. 혈마(血魔)의 현신(現身)이라고.

아직도 자하라 만큼이나 대단한 자가 그 과장된 소문을 맹신하고 있다는 것이 신기했다.

—교도들은 지금의 너처럼 나를 신으로 떠받든다. 하지만 내 모습을 봐라. 이게 전지전능한 신의 모습인가? 잃어버린 내 사람들을 찾아 헤매는 나약한 인간일 뿐. 너의 칼리프라고 다를 것 없다. 칼리프는 잊어라.

자하라는 뭔가 하고 싶은 말이 많은 얼굴이었다. 하지만 용케 꾹 참고 있는 것 같았다.

—와지르를 데려와라. 자하라.

*　　　*　　　*

방 안에는 고통에 몸부림쳤던 자하라의 흔적들이 가득했다. 미친개가 한바탕 휘젓고 지나간 듯했다.

가만히 앉아 와지르를 기다렸다. 무슨 수로 그의 맘루크(검노:劍奴)들을 떼어놓고 와지르 라만 만을 보내올지는 모르겠으나, 그것은 자하라가 할 일이었다.

꽤 시간이 흐른 뒤였다.

문 밖으로 점점 가까워지는 라만의 기운이 느껴졌다. 그는 혼자였다. 나는 문 앞으로 다가가 문이 열리길 기다렸다.

이윽고 문이 열리면서 라만이 쓴 커다란 녹색 터번이 제일 먼저 시선에 들어왔다. 그는 엉망이 된 방 안의 광경을 보자마자 몸을 돌려 도망치려 했다.

확!

그런 그의 목덜미를 붙잡아 방 안으로 내동댕이쳤다.

"아고고. 자하라가 전하를 납득시키지 못했군요."

라만은 허리를 두드리며 일어섰다.

휘익.

가볍게 손을 젓자 문이 큰 소리를 내며 닫혔다.

―와지르 라만. 정녕 나를 속일 수 있을 거라 생각하였는가?

"하아. 어찌 이런 선택을 하신 겁니까. 제국의 경의(敬意)를 얻은 전하께서 최악의 선택을 하신 것이, 저는 무척이나 안타까울 따름입니다."

―네 칼리프의 목적이 무엇이냐. 그네들은 아녀자와 어린아이, 노인들뿐이다.

라만은 천천히 고개를 가로저었다.

"전하께서는 온 이슬람을 적으로 돌리시는 겁니다. 하지만 지금도 늦지 않았습니다. 그간 전하와 우리 제국과의 관계를 생각해서, 제가 못 보고 못 들은 체하겠다는 겁니다."

—너와 네 칼리프야말로 이슬람의 파멸을 초래하고 있구나.

"자하라는 전하께서 현명한 아끌(aql:이성)을 지니신 분이라 하였습니다. 헌데 지금은 악마들과 다를 바 없는 분노로만 가득하십니다. 부디 아끌로서 세계를 통찰하십시오. 이슬람의 경의를 얻은 전하께 드리는 진심 어린 간언입니다."

—허식 따윈 집어치우거라.

"예. 그러면 먼 동방의 이단자(異端子)들이 세운 나라에 대해서 한 말씀 올리겠습니다. 비단이 오는 길목에 붉은 사막이 있습니다. 그곳에는 혈마라는 악마를 숭배하는 이단자들이 세운, 교국(敎國)이라는 조그마한 나라가 있습니다."

나는 라만이 무슨 말을 지껄일까, 가만히 두고 보았다.

"비단이 오는 길목을 점유하면서 부를 쌓고, 병사를 길러 동방의 큰 나라와도 수차례 전쟁을 해왔습니다. 그러다 한 해 전에는 동방의 큰 나라를 크게 이겨, 그 영토를

반이나 차지하는 대승을 거두기도 하였습니다. 아마도 이단자들의 왕은 세상을 전부 얻은 듯 기뻤을 것입니다. 그리고 교국의 강력함을 온 세상에 떨쳤다 자부했겠지요."

라만이 계속 말했다.

"하지만 이단자들의 왕은 세상이 얼마나 넓은지 알지 못했습니다. 너무 오랜 시간 붉은 사막 안에 갇혀 동방의 큰 나라와 싸워온 탓이지요. 그런데 사실 붉은 사막의 서쪽 너머로는 그간 싸워왔던 동방의 큰 나라보다도, 더 거대하고 웅장한 문화와 강력한 군대를 가진 제국이 있었습니다. 신이 굽어살피시고, 신의 대리자가 전지한 능력으로 드넓은 땅을 통치하는 위대한 제국이었습니다. 전하께서는 그 위대한 제국이 이단자들이 세운 조그마한 나라를 그간 가만히 내버려둔 이유가 무엇이라 생각하십니까?"

"하하핫."

"어찌 웃으십니까."

─너는 나보다 넓은 세상을 보고 있다고 생각하고 있구나. 내가 우물 안의 개구리처럼 보인단 말이냐?

"저는 더 넓은 세상이 있다는 것을 전하께 알려드리는 것뿐입니다. 현명한 아끌로 세상을 관조하는 그러한 시선으로, 전하께서 바른 결정을 하시도록 도와 드리겠습니다. 제 조언을 끝까지 들으신 이후에, 저를 어찌하실지 결정하셔도 늦지 않습니다."

의외였다.

짧은 대화였으나, 나는 라만이라는 인간에 대해서 알 것 같았다.

정쟁만을 겪어왔던 탐욕스런 정치가라고만 생각했었다. 하지만 그는 정치가라기보다는 학자적인 면이 더 컸다.

아마도 수십 년간 정쟁을 이겨낸 열정만큼이나 세상을 향한 공부 또한 게을리하지 않았을 것이다. 일평생 천문을 계산하고 수학과 과학을 탐구하고 학자들과 철학을 논해 왔을 거다.

라만에게서 의외의 면을 발견하자 그가 다르게 보였다.

눈에서 번질거리고 있다 생각한 권욕(權慾)이 진리를 향한 탐구심으로 보였다. 앙상한 두 팔은 성적 쾌락을 좇은 대가가 아니라, 식음을 전폐하며 고서들을 탐독한 결과로 다가왔다.

—칼리프가 너를 내게 보낸 이유를 알겠다.

"그러십니까."

—내 붉은 사막으로 돌아간다 한다면, 너는 무슨 이유를 들어서든지 간에 나를 따라오려 하겠지?

라만은 정곡을 찔린 듯 말이 없어졌다.

—너는 나를 막거나 되돌려 보내기 위해 온 것이 아니다. 디완의 대신으로 온 것이 아니란 말이지. 그렇지 않느냐?

　지금껏 주절주절 떠들던 그가 꿀 먹은 벙어리 마냥 가만히 있었다.

　—너희들의 칼리프는 전지하다 하지 않았느냐? 모든 걸 다 아는 작자가 너를 왜 내게 붙였겠느냐. 칼리프는 모든 걸 다 안다고? 위대하다고? 너도 그렇게 생각하느냐? 대답해 보거라. 너희들의 칼리프가 정녕 모든 걸 다 안다면 너를 네게 보냈겠느냐?

　한참을 말이 없던 라만이 수염을 쓰다듬으면서 입을 열었다.

　"칼리프께서 걸어오신 위대한 행적들이 그걸 증명하고 있습니다."

　—하면 너와 같은 탐구자를 내게 붙일 이유가 없지.

　이자와 같은 학자들에게 충격을 먹이는 건 육체적 고통이 아니다.

　그가 지금껏 믿고 있던 신념을 깨부수고, 그의 역량으로는 도무지 알 수 없는 물음을 던져 주는 것이 더욱 효과적이다.

　—하면 너희들의 칼리프는 이 우주가 어떻게 탄생했는

지 알고 있겠구나? 네게도 말해주었는가?

"그것은 이미 성서에 나와 있습니다."

—태초에 하느님이 엿새 동안 천지를 창조하셨다? 그렇게만 믿고 싶다면 내 달리 할 말은 없지만. 모든 것은 왜 아래로만 떨어지는지 아느냐? 해는 왜 동쪽에서 떠서 서쪽으로 지는지, 더 나아가 너는 지구의 나이를 계산할 수 있느냐? 저 하늘 위의 무수한 별들의 정체와 태양이 무엇으로 구성되어 있기에 저리도 강렬한 열을 뿜어내고, 어떤 식으로 우리에게까지 전달되는지 알고 있느냐 말이다.

라만의 눈이 깜박거렸다.

한 번 두 번.

깜박거리는 속도가 점점 빨라지다, 이윽고 라만은 아예 눈을 감아버렸다.

"전하……."

—감히 방자하게도, 내 앞에서 세상의 이치에 대해 논하다니!

"전하께서는 그 모든 것들을 ……. 전부 답하실 수 있다는 말씀이십니까."

라만의 목소리가 확연하게 떨리기 시작했다.

—고작해야 네가 아는 자연의 이치라고 해봤자 지구가

둥글고 태양을 중심으로 돌고 있다는 것뿐이겠지. 그 역시 네가 알아낸 것이 아니라 서방의 고서를 탐독한 결과가 아니겠느냐.

마치 해머에 몸이 강타당한 듯, 라만의 몸이 크게 휘청거렸다.

결국 그는 양손으로 얼굴을 감싸며 제자리에 주저앉아 버렸다.

적지 않은 시간이 지났다. 그래도 그는 처음 주저앉은 자리에서 얼굴을 감싼 그대로, 조금도 움직이지 않고 있었다.

그러던 문득 그의 입에서 한숨 비슷하게 새어나오는 소리가 들렸다.

"사라프……. 사라프는 모두 물러가거라."

그 순간, 방 전체로 낯선 기운들이 나타났다가 사라졌다.

그제야 나는 어느새 방 전체에 암살자들이 들어 왔었다는 것을 알아차렸다. 라만의 말이 없었더라면 끝까지 알아차리지 못했을 거란 생각에, 속으로 혀를 내두를 수밖에 없었다.

적어도 스무 명.

그 많은 암살자들이 내가 버젓이 눈을 뜨고 있는 사이

에 은신해 들어왔다?

촌각살단(寸刻殺團)이라 해도 감히 꿈조차 꿀 수 없는
일이었다. 너무도 황당하고 또 그들의 능력이 참으로 신
비로워서, 화조차 일지 않는 것 같았다.

그런데 내가 받은 충격보다도 라만이 받은 충격이 더
컸다.

그가 겨우 눈을 떴을 때에는 잠깐 사이에 더 늙어 버린
얼굴이 되어 있었다.

"전하…… 께서는 답하지 않으셨습니다. 정녕 그 물음
들의 답을 모두 알고 계신 겁니까."

―그것뿐일까.

"전하께서는 어디까지 알고 계신 겁니까."

―하나를 제외하고는 모든 걸 답할 수 있을 것이다.

"그게 무엇입니까."

―칼리프의 목적과 교도들의 행방. 하지만 그마저도 곧
알 수 있겠지.

나는 라만에게 천천히 다가갔다. 오만하게 굴었던 녀석
의 자존감을 무너트렸으니, 이제 남은 것은 육신의 고통
뿐이다.

내 손끝이 그의 팔목에 닿았다. 그가 소스라치게 놀라
며 넙죽 엎드렸다.

"전하. 저를 죽이시면 안 됩니다."

─아직도 이 내가 이슬람을 두려워하고 있다고 보느냐?

"그게 아닙니다. 세상의 이치에 통달하신 분께서 무엇이 두렵겠습니까. 다만 칼리프께서 바라시는 바를 생각하십시오."

─나를 조사하라 너를 붙인 것이 아니더냐.

"저 역시 그런 줄 알았습니다. 허나 이제 와서 돌이켜 생각해 보니, 칼리프께선 제가 제거되길 원하시는 것 같습니다."

─자하라와 똑같은 말을 하는군.

"칼리프께선 전하를 통해 디완을 재구축하시려는 겁니다. 아아. 그렇습니다. 후계는 미나레트 공으로 정해진 것입니다."

두서없이 흘러나오는 라만의 말에 나는 눈살을 찌푸렸다.

"전하의 사람들을 구하시기 위해서라도 저를 살려 주십시오. 제 육신은 고된 심문을 버티지 못할 것입니다. 바그다드로 돌아가게 허락해 주십시오. 미나레트 공이 후계가 되는 것을 저지하겠습니다."

─자하라는 심문으로 내 신뢰를 얻었다. 너는 무엇으로

네 진심을 보여 줄 수 있느냐?

"때론 온전한 믿음이 필요한 법입니다."

―하면 묻겠다. 미나레트라는 자가 칼리프의 후계가 되지 않는 것이 왜 내 사람들을 구하는 길이냐?

"지금껏 전하의 사람들이 목숨을 부지하고 있었던 것은 사이드 공 덕분입니다. 헌데 후계가 미나레트 공으로 정해지면 사이드 공은 숙청될 것이며……."

―그만! 내 교도들은 지금 어디서 무얼 하고 있느냐?

"대운하 공사에 투입되었습니다."

젠장.

그 소리가 절로 나왔다.

남정네들도 없이 아녀자와 노인 그리고 아이들뿐인데, 그 연약한 이들이 거친 노역을 하고 있는 중이라니!

지금 이 순간에도 몇몇이 각혈을 하면서 쓰러지고 있는 게 두 눈에 선했다.

―그리고 그건 너를 비롯한 와지르들이 결정한 일이겠지?

우지직.

내가 서 있던 자리가 움푹 꺼지며, 천장의 타일 조각들이 우수수 떨어져 내렸다.

제5장

흑웅혈마는……

　난장판이 된 방 안으로 돌아온 나디아는 피곤한 기색이
역력했다. 내가 자하라와 라만을 심문하고 있는 동안, 그녀
는 그녀에게 부여된 임무를 수행하기 위해 전력을 다했던
것 같았다.

　그녀는 이슬람 귀족들이 입궁하면서 데리고 온 노예들을
상대로 정보를 모아왔다. 십만 명이나 되는 사람들이 행방
을 좇는 일인 만큼, 그녀가 모은 정보들은 이슬람 제국의
큰 정세(情勢)에 한정되어 있었다.

　사실 그 많은 사람들을 감추거나 쓸 수 있는 곳 또한 한
정되어 있다.

그런 면에서 나디아는 현명하게 임무를 수행했던 것이다.

"전선(前線)이나 대공사에 투입되지 않았을까요……."

이미 내가 라만으로부터 교도들의 행방에 대해 알아낸 것을 알 턱이 없던 나디아는 조심스럽게 시작했다.

현재 이슬람 제국에 당면한 커다란 문제는 전쟁과 대규모 정비 공사, 두 가지로 축약할 수 있다.

이는 칼리프의 후계 문제로 야기된 문제이기도 했다.

이유인 즉.

칼리프에게는 육십여 명에 달하는 자손이 있지만 오래 전부터 디완과 마스지드로부터 차기 칼리프로 지목되어 온 이는 사이드와 미나레트 라는 두 왕자였다.

이에 정권은 크게 두 분파로 나누어져 대립하고 있는 양상이었으며, 두 왕자는 각 분파를 등에 업고 칼리프로부터 인정받기 위해 그들의 힘과 능력을 증명하고 있는 중이었다.

그래서 전쟁과 이를 뒷받침할 대규모 정비 공사들이 불가피하게 따라올 수밖에 없었던 것이다.

"에게 해 연안에 알렉산드로폴리스라는 도시가 있대요. 그런데 마침 그쪽에서 팔려 온 아이의 얘기를 듣게 되었는데 그 아이가, 많은 병사들과 여자들이 전선으로 향하고 있다는 것을 봤다고 했어요."

이슬람 제국과 로마 제국은 국경을 두고 크고 작은 전투가 계속되어 오다가, 최근에는 이슬람 제국의 국경이 에게해 연안 도시인 알렉산드로폴리스까지 밀렸다 한다.

"그리고 바그다드에서부터 카이로까지 이어지는 장대한 도로 공사에도 수많은 전쟁 포로와 노예들이 투입되고 있다 해요."

"네 추측이 맞다. 내가 찾는 사람들은 대공사에 투입되었어. 알아보느라 수고 많았다."

"아?"

나디아의 눈이 동그래졌다.

"도로 공사로 말인가요?"

"아니. 수에즈 운하라는 곳이다. 떠날 채비를 해두어라. 날이 밝는 대로 먼 길을 떠날 것이다."

그리 말하는데 또다시 이가 바득바득 갈렸다.

내 기분을 모를 리가 없던 나디아는 참담한 표정과 함께 묵묵히 고개를 끄덕였다.

그날 밤 나는 잠을 이룰 수가 없었다.

＊　　　　＊　　　　＊

수에즈 운하는 저쪽 세상에도 엄연히 존재했다. 그럴 수밖에 없었던 것이 수에즈 운하는 기원전인 오래전에 이미 완성되었기 때문이다.

그러나 기술 부족과 운하로 유입되는 토사 문제로 제대로 활용되지 못하다가, 저쪽 세상에서는 1800년대 후반에 들어서야 정식 개통을 했던 역사가 있다.

그런데 지금.

그 옛날 저쪽 세상의 나폴레옹이 그러했듯, 이쪽 세상의 칼리프 또한 수에즈 운하를 욕심내고 있었다. 나는 그 희생양으로 본교의 교도들이 선택된 것에 대해 매우 분노했다.

"바그다드로 가지 않고요?"

자하라가 반문했다.

마음 같아서는 바로 바그다드로 가서 이 일에 관련된 모든 이들, 그러니까 칼리프와 미나레트 왕좌 그리고 디완 대신들과 마스지드의 성자들을 모조리 도륙하고 싶었다.

하지만 단죄(斷罪)보다는 해방이 최우선이라고 판단했다.

"일단. 바그다드 내부의 문제는 라만에게 맡긴다……."

그렇게 말한 후 치솟는 분노를 억누르며 입을 꾹 다물었다.

더 이상 말할 기분이 아니었다. 자하라는 뭔가를 더 묻고 싶어 하는 기색이 역력했지만 내 얼굴을 살핀 그녀는 바로 말 위로 올라탔다.

화마(火魔)에 휩싸인 본산이 아직도 눈앞에 선했다.

거기에서부터 모든 게 비롯됐다.

고향을 등지고 이역만리, 색목인들 땅으로 떠날 때까지만 해도 누군들 생각이나 했을까.

이집트…….

스핑크스와 피라미드라는 고대 문명의 유물이 있는 땅까지 쫓겨 가, 그곳에서 고역스런 노역을 하게 될 줄을 말이다.

*　　*　　*

저쪽 세상으로 따지자면 키르기스스탄, 타지키스탄, 아프가니스탄을 거쳐, 아직도 이란 안이었다.

정확히는 쿠웨이트와 이란의 국경 지역 부근으로 아라비아 반도의 동쪽 끝, 페르시아만 연안의 한 도시로 도시명은 맘스라.

이름 모를 한 술탄이 통치하고 있는 이슬람 제국의 영향권 안이다.

거리상으로는 다소 돌아온 감이 있지만 험준한 자그로스 산맥을 통과하는 것보다는 목적지까지 가는 시간을 줄일 수 있기에, 많은 카라반들이 이쪽 길을 많이들 택했다.

우리는 쉬지 않고 달려온 여장을 잠시 풀 겸, 카라반사리(caravansary: 카라반 상단을 위한 여관)로 들어섰다. 지금껏 보아온 여느 카라반사리와 마찬가지로 2층 구조로 1층 중앙 안마당에는 낙타와 말들을 묶어 놓을 수 있는 마구간과 창고가 있으며, 주점과 숙소는 2층에 위치해 있었다.

이번 카라반사리의 특이한 점은 맘루크가 분명한 사내들이 자유분방하게 술을 마시고 있다는 것이었다.

이런 경우 셋 중 하나였다.

좋은 주인을 만났거나, 주인이 유약해서 이들을 완전히 지배하지 못했거나, 도망쳤거나.

특히 이렇게 조그마한 도시들은 도망친 맘루크를 통제할 공권력이 부족했는데, 도망친 맘루크들은 그 점을 잘 알고 작은 도시들을 도피처로 삼았으며 그곳에서 횡포를 일삼았다.

많은 도시와 작은 마을들 지나쳐오면서 그런 꼴을 간간이 봐왔기 때문에 이번에도 대수롭지 않았다. 우리는 그들을 지나쳐 구석에 비어있는 자리로 향했다.

자하라와 나디아가 베일로 그 미모를 감추고 있다지만, 육감적인 몸매가 아라비안 특유의 여성복 특성상 밖으로 드러나 있었다.

자하라와 나디아를 향한 짐승 같은 눈빛들이 사방에서 번쩍여댔다.

예상은 했지만 그것들의 시선이 너무나도 노골적이었다. 그렇게 자하라의 미간이 와락 구겨졌던 것은 당연한 수순이었던 것 같다.

이제 막 열 살이나 되었을까, 구릿빛 피부에 똘망똘망한 눈동자를 지닌 소년이 우리가 앉은 테이블로 다가왔다.

"주문하려는데, 어머니는 어디 계시니?"

나디아가 말했다.

"저한테 말하세요."

"그럼 숙소는 방 하나. 저녁은 여기에서 잘하는 것으로 세 개. 그리고 이건."

그러면서 나디아는 상당한 가치가 있는 은전 하나를 소년의 손에 쥐여 줬다.

"음식 값과 가장 조용한 방으로 안내해 주는 대가야. 다른 이들과 떨어진 방이 있니?"

나디아가 속삭이듯 말했다. 맘루크들을 슬쩍 돌아본 소년은 이해한다는 것처럼 혹은 어른스럽게 고개를 끄덕였다.

"엄마와 제가 자는 방이 있어요. 이것과 같은 것 하나 더 준다면, 그쪽 방으로 줄게요. 거기라면 숙소와 떨어져 있어

서 세 분이 뭘 하든 신경 쓸 사람이 없을 거예요. 분명히 만
족할 거예요."

나디아의 베일 속에서 웃음 소리가 살짝 새어 나왔다.

"저것들은 주인은 어디에 있느냐?"

짧은 물음일 뿐인데, 어쩔 수 없는 위엄이 깃든 탓에 소
년의 얼굴이 바짝 굳었다.

능청스럽게 나디아를 상대하던 소년이었으나 자하라 앞
에서는 고양이 앞의 쥐처럼 변해 쉽사리 입을 열지 못했다.

"묻지 않느냐."

"…… 주무시고 계실 거예요."

"흥. 주인이 있다는 게 놀랍군."

그러면서 자하라는 나디아에게 눈빛을 보냈다. 나디아가
가죽 주머니에서 은화 하나를 더 꺼내 소년의 손에 쥐여 줬
다.

"조용한 방이다. 만일 우리가 누군가에게 방해를 받게
된다면, 너희 모자는 지금 받은 금액의 세 배를 물어야 할
것이다."

"예. 예."

"가서 음식이나 내 오거라."

소년이 떠났다.

어린애를 그렇게 다그칠 게 뭐냐.

내가 그런 식으로 자하라를 쳐다보자, 자하라는 귀찮은 일은 질색이라고 중얼거리듯 말했다.

"그러면서 저것들의 시선은 불쾌하지도 않은가 보군?"

맘루크들은 하나같이 이쪽을 보고 있었다. 그들의 눈동자에는 벌써 나신이 된 자하라와 나디아가 맺혀 있는 것 같았다.

음흉한 시선들이 자하라와 나디아의 몸매를 훑고 지나가며, 더러운 타액이 머문 혓바닥으로 마른 입술들을 핥고 있었다.

"당신이 특이한 거예요. 저게 아름다운 여자를 본 사내들의 지극한 본능이에요. 당신도 할라 수련에 더 매진하고 싶다면, 본능을 억누르지 말아야 할 거예요. 욕망을 감추지 말고 저것들처럼 저를 보세요. 오늘 밤……."

베일 위로 살짝 드러난 매혹적인 눈매가 초승달 같이 휘어졌다.

어쩐지 나디아도 홍조를 띠었다.

그러던 중, 맘루크들 중 한 녀석이 어슬렁거리면서 이쪽으로 다가왔다. 녀석의 동료들이 낄낄거리던 소리는 당연하다는 듯이 더욱 커졌다.

녀석의 목적은 뻔하다.

그래서 나는 녀석의 섣부른 결정이 안타까웠지만 동정심

까지는 들지 않았다.

맘루크들의 기세에 몰려 구석에서 조용히 술을 마시던 상인들의 시선 또한 이쪽으로 쏠리기 시작했다.

"너희 같은 천민들은 감히 대할 수 없는 귀하신 분들이야. 다들 물러가."

나디아가 자리에서 일어나 차분하게 말했다. 그러든 말든 자하라는 물로 목을 축이고 있었고, 나는 놈에게 고개를 설레설레 저어 보였다.

놈은 잠깐 할 말을 잃고 주위를 두리번거렸다. 그러더니 뒤에 있는 놈의 동료들에게 짧은 수신호를 보냈다. 많은 전투를 치른 이들 사이에서는 말보다는 수신호가 빠르고 더 정확하다.

놈들이 그랬다. 수신호를 받은 몇몇이 밖으로 사라졌고, 놈은 묵묵히 우리를 보면서 아무 말 없었다.

불과 몇 분 후.

밖에서 돌아온 놈의 동료들이 그들만이 알 수 있는 수신호를 놈에게 보냈다. 주위엔 아무도 없어, 아마도 그런 신호일 게다.

그러자 놈의 얼굴에 만족스런 미소가 걸렸다. 듬성듬성 이빨이 빠지거나 깨진 흉측한 미소였다.

"너희들을 생각해서 하는 말이야. 이쯤에서 돌아가."

나디아의 목소리에는 진심이 담겨 있었다.

며칠 전에 한 오아시스 마을에서 이와 비슷한 일이 있었는데, 그때 어떤 끝을 맺었는지 나디아는 너무나도 잘 알고 있었다.

나디아의 진심 어린 충고에도 불구하고 놈은 요지부동이었다. 오히려 나디아와 자하라를 내려다보는 놈의 시선이 더욱 노골적으로 변했다.

여자와 자본지 꽤 오래되었는지, 놈의 눈에서 색욕이 번질번질거렸다.

중원에서도 그렇지만 여기에서도 작은 도시와 외딴 마을들은 이게 문제다. 대게 그런 곳들은 권력가들이 크게 신경을 쓰지 않는 곳이라 치안이 좋지 않다. 자경단(自警團)이라고 해봤자 전투 경험이 없는 마을의 청장년층으로 이루어진 게 다여서, 조금이라도 무력을 지닌 집단이 들어오면 금방 무법지대가 되고 만다.

나디아는 불안한 표정으로 자하라를 슬쩍 쳐다봤다.

아니나 다를까.

자하라가 자리에서 일어나며 입을 열었다.

"이 내가 친히 너희들을 모두 죽여주지."

아마도 놈은 자하라의 말뜻을 너무나도 크게 오해한 것 같았다.

이번에도 자하라의 음성에는 위엄이 깃들어 있었다. 하지만 그것을 인식하기에는 놈의 욕구가 너무도 컸던 모양이다. 놈의 입이 헤벌쭉 벌어졌다.

이쪽을 구경하고 있던 놈의 동료들도 하나둘 다가오는데, 벌써부터 옷 위로 제 성기를 주물거리는 녀석도 있었다.

"그렇다는데? 당신의 여자들과 즐겨도 되겠지?"

그러던 그때, 멍청하게도 놈이 내 얼굴을 감싸고 있던 천을 잡아당기며 이죽거렸다.

*　　　*　　　*

딱히 아랍인의 외모로 역용할 필요를 못 느껴왔다. 그럴 수밖에 없었던 것이 강렬한 햇볕을 가리기 위해 얼굴에 전체에 두른 천이 내 머리칼과 피부색을 가려왔기 때문이었다.

스르르.

그래서 느슨해진 천이 풀어지는 순간, 검은 머리칼이 눈앞으로 내려트려졌다.

이것 봐라?

놈은 그런 표정으로 나를 빤히 바라봤고, 뒤쪽의 동료들

을 향해 빨리 오라는 식으로 수신호를 보냈다. 그때 나디아
는 와락 얼굴이 구겨진 나를 향해 고개를 저어 보였다.

참으세요.

그런 뜻인 것 같았는데, 나보다도 자하라가 먼저 움직였
다.

"악!"

놈의 몸이 갑자기 붕 떠서 2층 난간 밖으로 휙 날아가는
것이었다.

"저 여자, 수행자다!"

누군가 크게 외쳤다. 구석에 있던 카라반 상인들은 갑자
기 생긴 좋은 구경거리를 반기는 눈치였던 반면에 이쪽을
비아냥거리던 맘루크들은 얼굴이 심각해졌다.

맘루크들은 탁자 옆에 비스듬히 세워두었던 시미타들을
빠르게 집어 들었다. 그렇게 스무 명에 가까운 이들이 흉흉
한 기세로 이쪽을 노려보기 시작했다.

하지만 자하라가 조금 전 덩치 큰 녀석을 보이지 않는 힘
으로 가뿐하게 던져 버렸던 탓에 섣불리 움직이지는 않았
다.

맘루크들 중에 상당수가 중완의 할라, 그러니까 신의 칼
을 수련했다.

그런데 자하라가 지난번과 비슷한 수를 썼는지 놈들의

원기의 움직임이 이상해졌다. 한 번도 할라를 수련한 적이 없던 필부들보다도 원기의 바퀴 도는 속도가 현저하게 느려졌다. 놈들도 그것을 모를 리가 없었다.

당황하기 시작한 놈들의 표정이 퍽 우스웠다.

"자하라님……."

나디아가 말꼬리를 흐렸다.

나는 그녀가 무엇을 우려하는지 알고 있었다. 무엇을 보고 있는지도 알았다.

나디아는 사막의 약탈자 때문에 내 사유 재산이 되어버렸다.

당연히 무법자들에게 자비가 없을 그녀였지만, 그런 그녀에게도 지난번 오아시스 마을에서의 광경은 그런 그녀에게도 적지 않게 충격적으로 다가왔던 모양이다.

맘루크들 전부가 눈알을 뒤집어 까며, 심장을 움켜쥔 채로 핏물을 쏟아 낼 광경이 눈앞에 선했다.

멍청한 녀석들.

너희가 건드린 사람은……. 너희들이 그토록 두려워하는 그 살라딘이다.

놈들을 향해 속으로 뇌까렸다.

찰랑.

주머니 안에 든 은화들이 부딪치는 소리였다.

나디아가 어쩔 수 없다는 듯이 고개를 저으며 은화가 든 주머니 안을 뒤적거리고 있었다. 이 카라반사리의 주인에게 보상의 의미로 지급할 은화를 벌써부터 집고 있는 것이었다.

자하라가 오른팔을 들어 제일 앞에 있었던 녀석을 한 녀석을 지목했다.

바로 그 순간, 녀석이 외마디 비명과 함께 심장을 움켜쥐며 무릎을 꿇었다.

"무, 무슨 짓을……."

녀석은 끝까지 말을 잇지 못했다. 피가 쉴 새 없이 입에서 새어 나오기 때문이었다.

녀석이 당황해서 허겁지겁 입을 틀어막은 손바닥 사이로도 피가 철철 흘러넘쳤다.

"그만두는 게 좋을 거다."

얼굴에 흉악스런 문신을 한 자였다. 하지만 이를 비웃기라도 하듯 자하라가 그를 지목하자 이번에는 그도 피를 쏟으며 주저앉았다.

나는 쯧쯧쯧, 하고 혀를 찼고 나디아는 눈을 감아버렸다.

곧 이어질 어마어마한 고통에 비한다면 심장의 통증과 각혈(咯血)은 시작에 불과하다. 아니나 다를까, 이미 쓰러

진 두 녀석이 눈알을 뒤집어 깐 채로 바들바들 떨고 있었
다.

뚜둑 뚜둑.

뼈마디가 뒤틀리는 소리가 요란하게 나면서 녀석들의 팔
과 다리가 기이하게 꺾여 댔다. 마치 좀비 영화의 한 장면
처럼 사지에서 경련이 일어났다.

녀석들이 지를 수 있는 가장 처참한 비명 소리가 터지기
시작했다.

"크아아악!"

"으히하하학!"

녀석들의 비명 소리가 어찌나 참혹한지, 바닥을 뒹구는
모습에서부터 그들의 고통이 얼마나 잘 느껴지던지, 멀찍이
관전만 하고 있던 카라반 상인들의 얼굴조차도 완전히 구
겨졌다.

아직 멀쩡한 맘루크들 또한 우리에게 달려들 생각조차
못 한 채 지옥 속에 있는 두 녀석만을 바라보고 있었다.

자하라는 내게 분근착골을 당했을 때 죽었다 살아났다.

그때 그녀는 인간이 느낄 수 있는 모든 고통을 느꼈다
하였다. 그녀에게는 꽤나 충격적인 경험이었는지 몇 날 며
칠 뭔가에 깊이 빠져 있는 그녀의 모습을 간간이 볼 수 있
었다.

이윽고 한참이 지난 오아시스 마을에서 다른 식으로 변형된 분근착골을 그녀에게서 볼 수 있었으며, 이번에도 마찬가지였다.

자하라가 한기마저 머금은 무표정한 얼굴로 그들을 내려다보고 있다가 고개를 들었다.

자하라의 시선이 머문 외곽 통로 쪽으로 한 사내가 모두처럼 얼굴을 잔뜩 찌푸린 채로 서 있었다. 그 중년인은 제법 근사한 외투만큼이나 멋진 콧수염을 기른 사내로, 누가 보더라도 한눈에 귀족인 것을 알 만큼 부티가 났다.

"주, 주인님!"

맘루크들 중 누군가가 중년인 앞으로 식탁을 훌쩍 넘었다. 그러는 동안에도 두 녀석은 지독한 비명을 내지르면서 바닥 위를 나뒹굴고 있었다.

"소란만 피우지 말라 하였지 않느냐. 그새를 못 참고……."

그때 비명이 사그라들었다.

고통이 어찌나 심했던지, 두 녀석은 한 움큼이나 뽑힌 피 묻은 머리카락은 양손에 가득 쥐고 있었다. 그리고는 완전히 눈을 뒤집어 깐 채로 쌕쌕거리다가 숨을 거뒀다.

"이건 너무 잔인하지 않나."

멀리서 중년인이 말했다.

"나머지는 당신이 직접 보여주는 게 어때요. 원조(元祖)는 어떤지."

자하라가 곁눈으로 나를 흘깃 쳐다보며 말했다. 그녀의 눈빛에는 지난번 심문을 책망하는 마음이 아직도 담겨져 있었다.

자하라의 시선이 나를 떠나던 그 순간, 자리한 맘루크 모두가 동시에 비명을 터트렸다. 중년인의 앞에 있던 맘루크 또한 그랬다.

아무리 무법자들이라고 해도 많은 사람들이 한 번에 비명을 지르며 바닥을 뒹구는 모습은, 분명 아비규환(阿鼻叫喚)을 연상케 했다.

카라반 상인들이 질겁하면서 도망치듯 자리를 떠났다.

그런데도 중년인은 태연자약하게 그의 앞에 펼쳐진 지옥도(地獄道)를 바라보면서 눈살만 찌푸리고 있을 뿐이었다.

"나머지는 살려 주기로 하지."

내가 말했다.

사실 이 말은 내가 아니라 이들의 주인인 중년인이 해야 할 말이라고 생각했다.

이 땅에서 보기 힘든 이국인이 이국의 언어로 말하자, 중년인의 시선은 당연히 내게로 옮겨졌다.

발밑에서 죽어가고 있는 뛰어난 검노(劍奴)들보다도 낯선

이방인에게 관심을 둔다? 일면(一面)에 불과하지만 그것은 그가 살아온 지난날들을 어느 정도 보여 주는 셈이라 할 수 있었다.

사람 목숨을 하찮게 알고, 본인에게도 위협이 될 수 있는 순간에도 여유를 가질 수 있는 자들은 정해져 있다.

"일단 무의미한 살상은 그만두지."

내가 한 번 더 말했다.

자하라는 가볍게 고개를 끄덕였고, 맘루크들은 여전히 바닥에서 몸부림치고는 있지만 그 고통이 더 커져가는 것 같지는 않았다.

"여인의 몸으로 마스지드의 성자일 리는 없고……."

중년인이 콧수염을 매만지며 중얼거렸다. 그의 앞에서 벌어진 일이 그와는 아무런 상관도 없다는 듯한 태도였다.

―누구지?

내가 물었다.

"다리스 핫산 마호메드."

자하라의 대답에.

"오! 나를 아나?"

지금껏 태연하던 남자가 처음으로 놀라면서 그녀를 바라봤다.

남자는 바닥에서 신음하는 그의 노예들을 넘기 시작했

다. 우리 쪽으로 다가오려는 것 같았는데, 내가 일으킨 기세에 반응해 중간에서 멈춰 섰다.

"이것들 때문이라면……. 내 관대히 용서하지. 감히 내 노예들을 해한 죄와 불경스러운 너희들의 태도 모두를 말이야. 하면 자, 말해 보아라. 너희들은 누구냐? 수행 높은 여인과 동방에서 온 사내 그리고 아리따운 여종이라. 참으로 재미있는 조합이 아니더냐."

놈이 말했다.

—신경 써야 할 자인가?

—그건 당신의 생각에 따라 다르겠죠. 칼리프의 열여섯 번째 아들, '다리스'니까요. 그런데 흥미롭네요.

—왕자가 이 작은 도시에 있다는 것이?

—그것도 그렇지만.

—그럼?

—당신의 사람과 마주한 적이 있어요.

—내 사람?

—당신이 흑웅혈마라고 부르던 자를요. 그런데…….

자하라의 표정에서 나는 불길한 뭔가를 읽었다

—잠깐!

자하라의 의념이 들려오던 그때, 이미 나는 중년인을 향해 미끄러지듯 날아가고 있었다.

쑤욱.

중년인이 눈을 깜박거리면서 나를 빤히 쳐다봤다. 그리고는 꽤나 놀랐을 법도 한데, 아직도 침착한 어투로 나지막하게 말했다.

"동방에서 온 자들은 하나같이 신비로워. 내가 무슨 말을 하는지 이해……. 커억!"

말이 채 끝나기도 전에 나는 중년인의 목을 움켜쥐어 위로 띄웠다.

중년인은 바둥거리며 긴 손톱으로 내 손등을 긁어 댔다. 고통스런 기색이 역력했다. 갑자기 막힌 숨에 꺽꺽대면서 말이다.

그 상태로 자하라를 돌아보았다. 자하라가 못 말리겠다는 식의 짧은 표정을 짓더니 이쪽으로 빠르게 다가왔다.

"신께서 전하를 저버리셨군요. 이 작은 도시가 아니라, 처음 생각대로 메카로 가셨어야 했습니다. 다리스 전하. 세간에 떠도는 붉은 사막의 왕의 소문은 들으셨지요?"

아무렇지 않게 내뱉는 말이라 할지라도 실제 거기에는 수많은 무의식과 지난 기억들이 스며들어 있는데 자하라는 '세 번째 눈'으로 그것들을 관조하는 능력이 있다.

그래서 대상의 기억을 보기 위해서는 지금처럼 어떻게든 상대가 말을 하게 해야 했다.

목을 쥐고 있던 손을 풀었다.

중년인은 바닥에 주저앉듯 쓰러져서 목을 잡고 켁켁거렸다.

"감히 이 나에게……. 너희들은 누구냐."

"붉은 사막에서 온 동방의 왕이 살라던 무트타르를 이기고, 그의 사람들을 찾아다니고 있다는 소문. 전하께서도 아시지 않습니까."

"설, 설마 이자가 붉은 사막의 왕이란 말이냐? 그렇게 말하는 너는 누구냐!"

침착하게 유지해왔던 중년인의 여유는 온데간데없이 사라져 버렸다.

이쯤이면 자하라도 흑웅혈마와 관련된 기억들을 알아냈을 것이다.

─이자가 무엇을 알고 있지?

내가 물었다.

"……."

하지만 자하라는 여느 때처럼 바로 대답하지 않고 잠시 뜸을 들였다.

─대답해. 당장.

자하라는 어쩔 수 없다는 듯이 남자를 스윽 내려다보며 내게 의념을 전했다.

—흑웅혈마. 당신이 찾는 그 사람은……. 이미 죽었어요.

＊　　　＊　　　＊

흑웅혈마가 죽어?

"크……크큭."

한 손으로 얼굴을 덮었다.

"크크크큭."

어쩔 수 없이 새어 나오는 웃음에 어깨가 들썩였다.

조금 전까지 우리에게 정체를 밝히라던 16번째 왕자, 중년인의 고함 소리가 사라지고 정적이 주변을 감쌌다.

내 참담한 웃음만이 폐부를 긁어 대는 거친 소리로 울렸다.

문득.

"그대는! 그대는 살라딘 자하라가 맞지? 내 생각이 맞다면 붉은 사막의 왕을 말려 주게."

손가락 사이로 자하라에게 매달리는 중년인의 모습이 보였다. 그도 이제야 안 거다. 위대한 아버지를 두었다는 것만으로는 내 손아귀에서 벗어날 수 없다는 것을 말이다.

"이 작은 도시에서 붉은 사막의 왕과 마주친 것은 신의 뜻이 아니겠습니까. 우연이라기에는 흐흐…… 바그다드를 떠나기 직전 전하께서 하신 일이 있지 않습니까."

중년인은 잠깐 할 말을 잃었다가 천천히 입술을 열었다.

"네가 그 일을 어찌 아느냐. 위대한 칼리프와 형님들 밖에는 그 일을 아는 이가 없었을 텐데…… 소문이 결코 과장된 것이 아니란 말인가……."

그 말을 끝으로 중년인은 입을 다물어 버렸다. 그렇다고 전의를 잃은 것 아니었던 모양인지, 바닥에 떨어져 있는 시미타를 쳐다보는 눈빛이 여간 날카로운 게 아니었다.

결국, 우리 눈치를 보던 중년인이 빠르게 구석으로 몸을 날리며 시미타를 집어 들었다.

올 테면 와봐라.

그의 눈빛이 그렇게 말했다.

"건방진!"

하지만 내가 토한 일갈(一喝)에 벽으로 날아가 부딪치며, 허공으로 선혈을 뿌렸다.

─와지르 라만이 당신과 나를 속인 게 있었군요. 많은 사람들이 수에즈 운하로 끌려간 것은 사실이지만, 흑웅혈마를 비롯한 몇몇은 그동안 줄곧 바그다드 궁전의 지하에 갇혀 있었어요. 그런데 당신. 칼리프와 대면한 적이 없다 하지 않았나요?

─없어.

─흑웅혈마는 언제 어떻게 죽었지?

그렇게 묻는데 금방이라도 심장이 피부를 뚫고 나올 것만 같았다.

살심(殺心)을 가지고 중년인을 쳐다보는 그 순간, 자하라의 의념이 빠르게 들어왔다.

─기다려요! 당신의 마음은 알겠는데 아직 죽이면 안 돼요.

자하라가 앞쪽으로 팔을 뻗었다.

벽에 부딪혀 캑캑대고 있던 중년인의 몸이 허공으로 붕떠오르더니 이쪽으로 천천히 날아왔다. 동시에 의자 하나가 먼저 자하라 앞에 놓였고 그 위로 중년인의 몸이 내려앉았다.

"전하."

자하라가 말했다.

무형의 힘이 중년인을 압박하고 있었다. 마치 점혈된 것처럼 몸을 움직이지 못한 채로 자하라를 노려볼 뿐이었다.

그런데 눈에 깃든 강렬한 적개심과는 달리 욕지거리 한번 토하지 않는 걸로 봐서는, 자하라 앞에서 말을 하는 순간 속내가 읽힌다는 것을 인식한 것이 분명했다.

"전하?"

자하라가 재차 불러도 그는 요지부동이었다. 무슨 일이 있다 한들 결코 입을 여지 않겠다는 의지가 그의 얼굴 위로 만연해 있었다.

하지만 이를 비웃기라도 하듯, 갑자기 자하라가 그녀의 엄지손가락을 중년인의 허벅지에 박아 넣는 것이었다.

"아악!"

어김없이 비명이 터졌고 자하라는 만족스러운 미소를 지었다.

"다리스 전하. 입을 열지 않으시겠다면 끝까지 열지 마셔야죠. 짧은 비명 안에 얼마나 많은 전하의 과거들이 담겨 있는지 전하께서도 보여드리고 싶지만······."

"크아악!"

이번에도 자하라의 엄지손가락이 젓가락으로 스펀지를 찌르는 것처럼 반대편 허벅다리 위를 파고들었다.

"이렇게 비명을 지르시면 아무런 소용이 없답니다. 위대한 예언가의 후손께서 이 작은 고통을 참지 못하시다니. 먼 동방에서 오신 분께 보고 계십니다. 우리 이슬람의 의지를 보여주셔야지요."

"비······ 빌어먹을 년! 이단(異端)에 빠져 신을 저버린 것이 못 하는 말이 없구나."

중년인이 참지 못하고 길게 욕지거리를 터트리는 순간,

자하라의 눈동자가 예사롭지 않은 눈빛을 번뜩였다.

그뿐만 아니라 미간의 할라를 통과하는 원기의 속도 또한 현격하게 빨라졌다.

뭔가를 이상하다 느낀 것인지 중년인이 눈을 질끈 감으며 고개를 숙였다. 자하라는 그런 중년인의 양 뺨을 잡아 고개를 세우고, 제 이마를 중년인의 이마에 가져다 댔다.

"전하. 고문 중이던 동방의 노인이 붉은 사막에서 왔으며 흑웅혈마라 불리고 있었던 사실은 언제 알게 되었습니까?"

그것을 시작으로 자하라는 질문공세를 퍼붓기 시작했다.

질문 하나.

"흑웅혈마가 붉은 사막의 이교도들을 데리고 바그다드로 들어올 적에, 전하께선 무엇을 하고 계셨습니까?"

질문 둘.

"심문에 참관하기 시작한 것은 언제부터였습니까?"

질문 셋.

"심문을 누가 주도 하였습니까? 미나레트 전하입니까. 칼리프십니까?"

질문 넷.

"칼리프께선 원래, 이 일이 있기 오래전부터 붉은 사막의 왕에 대해 관심이 많았습니까?"

질문 다섯.

"칼리프께서 살라딘 무트타르를 우리에게 보낸 것입니까?"

질문 여섯.

"제가 붉은 사막의 왕을 도울지 칼리프께선 알고 계셨습니까?"

질문 일곱.

"흑웅혈마의 마지막은 어땠습니까?"

질문 여덟.

"무슨 실험들을 하였습니까?"

대답도 하지 않는 상대에게 쉬지 않고 질문을 해댄 자하라는 "전하께 금제가 걸리지 않은 것은 왜 그렇다고 생각하십니까?", 란 질문을 끝으로 더 이상 묻지 않았다.

다음 질문으로 넘어갈 때마다 그는 인간이 지을 수 있는 모든 표정들을 한 번씩 다 보여 주었고, 결국 마지막에 이르러서는 거의 체념에 가까운 얼굴이 되었다.

그것으로 심문이 끝났다.

중년인은 대답하지 않았지만, 나는 자하라의 질문들을 통해 흑웅혈마에게 벌어졌던 일들을 어렴풋이 알 수 있었다.

놈에게 다가가 가슴을 발로 밀어 찼다.

놈이 의자와 함께 뒤로 내동댕이쳐지며 요란한 소리를
냈다.

"잠깐만요."

"더 이상 물을 게 있나?"

"죽이실 건가요? 그럼 칼리프와는 완전히 돌아서는 거예
요."

중년인의 기억을 읽어낸 후, 어쩐 일인지 자하라의 기세
가 한층 꺾여 있었다.

"아직도 원만히 해결될 수 있을 거라고 보는 것인가?"

"그럴 리가요. 다만 당신은 칼리프의 위대함을 모르고
있어요."

자하라가 보았던 중년인의 기억들이 그녀를 흔들고 있었
다.

"그가 전지하다는 소리는 이제 지긋지긋해."

"사실이에요."

"내가 저놈을 죽인다면 막을 텐가?"

"그게 가능할까요?"

"그럼 가만히 있어."

"일단, 당신의 사람이 어떻게 죽었는지부터 듣고 결정하
겠어요?"

*   *   *

점혈당한 중년인과 맘루크들이 구석에서 무릎 꿇고 있었다. 나디아는 잔뜩 겁먹은 이 여관의 주인에게 사정을 설명하며 은전을 건네고 있었으며, 창밖으로는 다른 카라반 상인들을 내보내고 있는 여관 소년의 모습이 보였다.

"흑웅혈마는 언제 죽었지?"

감정을 억누른다지만 목소리가 확연히 떨리고 있었다.

"죽은 지는 얼마 되지 않았어요. 그가 죽은 지 며칠 안되서, 칼리프께서 와지르 라만을 당신에게 보냈으니까요."

너무도 참담해서 말문이 막혔다.

만일 자하라를 돕지 않고 이 땅에 도착한 즉시 바그다드로 갔다면 흑웅혈마를 구할 수도 있었다.

내가 양손으로 얼굴을 감싸며 고통스러워했다. 그러자 나디아가 내 뒤로 다가와 등에 제 얼굴을 기댔다.

"일찍 알았다 한들 당신이 할 수 있는 일은 없었을 거예요. 칼리프는 이미."

"심문은 무엇이지?"

자하라의 말을 중간에서 가로챘다.

중년인에게 했던 자하라의 질문으로 추정컨대, 흑웅혈마는 오랜 기간 바그다드 지하 감옥에 갇혀 온갖 고문을 당하다가 죽었다.

흑웅혈마와 교도들은 터전을 잃은 피난민들이었다. 그런 그들에게 심문 할 거리가 대체 무엇이 있었단 말인가.

"당신에 대한 심문이었어요."

"나에 대한?"

"심문은 칼리프께서 주도했어요. 흑웅혈마와 당신의 사람들이 바그다드에 도착하던 그날부터 바로 시작되었죠. 그 중대한 사실을 와지르 라만이 모를 리가 없었을 텐데, 우리를 속인 거죠."

자하라가 계속 말했다.

"어쨌든 칼리프께선 여러 자제분들을 대동하고 흑웅혈마를 직접 심문하셨는데, 거기에 다리스도 있었어요. 심문은 대체로 당신과 흑천마검이라 불리는 마신에 대한 것들이었죠. 당신의 출생, 흑천마검의 기원부터 시작해서 그간 당신과 마신이 붉은 사막에서 행했던 일들은 물론이고. 당신의 무공, 먹는 것, 입는 것, 좋아하는 것, 사랑하는 그리고 사랑했던 사람들. 사소한 것 하나하나. 당신 전부에 대한 것들이었죠."

"……."

"칼리프께선 당신이 당신의 사람들을 찾으러 우리 제국에 올 것을 예견하고 계셨던 거예요."

"내가 올 것을 예견했으면서 내가 누구인지를 몰라 피난민들을 심문해? 처음부터 적의를 가지고?"

그러면서도 모든 것을 다 아는 '전지한 칼리프'라고 불리고 있었다.

"나는 이슬람 제국에 유감이 없었다. 내 세계는 동쪽, 그러니까 붉은 사막과 너희들이 말하는 동방의 큰 나라에 한정되어 있었다. 한데 칼리프는 어째서 처음부터 내게 적의를 가지고 피난민들을 심문했느냐는 말이다."

"칼리프께서 자제분들을 심문에 대동하면서 말씀하시길 '동쪽의 붉은 사막에 그곳의 이교도들을 통치하는 왕이 있다. 위로는 거대한 악마를 부리고 일신의 힘이 가히 대단하니, 너희들은 항상 이를 경계하거라', 라고 하셨죠. 아시겠죠? 칼리프께선 진작 당신을 의식하고 있었어요."

"때문에 흑웅혈마를 심문하고 죽였다?"

"그런데 정말 칼리프와 대면한 적이 없나요?"

자하라는 완전히 일그러진 내 얼굴을 다시금 확인 후 말을 이어나갔다.

"심문은 단순하지 않았어요. 당신이 생각하는 것보다 깊었죠. 칼리프께서는 당신을 오래전부터 알아왔던 것처럼, 직접 심문을 주도하면서 흑웅혈마를 몇 번이고 놀라게 했죠."

"무엇으로?"

"흑웅혈마가 입을 열었을 것 같아요? 거기엔 세 번째 눈을 가진 마스지드의 성자는 없었어요. 오로지 칼리프와 왕자들뿐이었죠. 그런데도 칼리프께선 당신에 대해 속속들이 알고 계셨죠."

"……?"

"당신의 무공에 대해 심문했을 때에는, 이미 시작부터 당신의 무공 명왕단천공에 대해서 흑웅혈마보다 더욱 잘 알고 있었어요. 그럼에도 불구하고 흑웅혈마를 심문한 건 완벽을 기하기 위해서였죠. 무공뿐만이 아니라, 당신에 대해서라면 모든 점에서 흑웅혈마보다 더 자세히 알고 계셨죠. 오래전부터 교분이 없던 사이라면 결코 알 수 없던 것들이었고, 그래서 당신에게 칼리프와 대면한 적이 있느냐 물었던 거예요. 하지만 당신은 칼리프와 대면한 적이 없댔죠."

자하라는 중년인 쪽으로 시선을 옮겼다.

"이런대도 칼리프께서 전지하지 않으시다는 건가요? 심지어 칼리프께선 당신과 무트타르가 싸울 것을 예견하시고, 그 고원으로 정확한 시간에 칼리프의 사람을 보내 모든 것을 기록케 하셨죠."

자하라가 중년인을 턱짓해 가리키며 마지막 말을 던졌다.

"당신은 승산이 없는 싸움을 하고 있는 거예요. 위대한 신의 대리자를 대적하고자 하는 거죠. 정말 그분의 아들을 죽이실 건가요? 복수를 위해서?"

이쪽을 주시하고 있던 중년인의 얼굴에 회심의 피소가 피어오르는 순간이었다.

"저자에게 더 물을 게 있나?"

"아……."

"더 물을 게 없다면."

탓.

가볍게 튕긴 탄지(彈指) 하나가 중년인의 이마를 향해 총알처럼 날아갔다.

그리고는 짧은 외마디 비명과 함께 놈의 고개가 뒤로 크게 꺾였다.

제6장

황무지

듬성듬성 보였던 거친 덤불들도 더 이상 보이지 않았다. 오로지 모래와 그것들을 실은 바람만이 존재하는 황량한 모래벌판 위였다.

그래도 그리 오래 지나지 않았을 때에 먼저 간 카라반 상단이 있었는지, 낙타 발굽들이 모래 언덕 너머까지 길게 이어져 있었다.

지난번에 지나쳤던 수끄(suq: 시장)에서 낙타와 말을 맞바꾸었던 것은 현명한 선택이었다. 낙타마저 이렇게 힘들어하는데, 테헤란부터 타고 왔던 그 말들은 결코 이 사막을 버티지 못했을 것이다.

자하라가 내 옆으로 낙타를 붙였다.

그녀의 집게손가락이 시선 끝에 걸쳐진 모래 언덕 너머를 가리켰다.

"저쪽에 오아시스가 있을 거예요. 이번에는 지나치면 안 돼요."

자하라가 신신당부했지만, 나는 조금도 눈길을 주지 않았다.

"당신은 아니겠지만, 우리 모두는 쉬어야 한다고요."

그러면서 자하라는 그녀 본인과 그녀의 낙타 그리고 뒤처진 나디아 쪽을 한 번씩 가리켰다.

"전 괜찮아요."

뒤쪽에서 나디아의 목소리가 들려왔다.

그러나 말과는 달리 얼굴에는 힘든 기색이 역력하고 그녀의 낙타 또한 현저하게 느려져 있었다.

모두에게 휴식이 필요하다는 것을 모르지 않는다. 그러나 수에즈 운하에서는 지금 이 순간에도 많은 교도들이 쓰러져 나가며, 나를 애타게 기다리고 있을 것이다.

"아직 쉴 때가 아니야. 다음번 오아시스에서 쉬기로 하지."

"당신은 어제도 똑같이 말했어요. 그래서 사라반사리가 있는 제법 큰 오아시스를 그냥 지나쳤죠. 저 오아시스마저 지나친다면 당신은 낙타와 당신의 계집종을 잃고 말 거예요."

계속 이런 식이라면 차라리 나 혼자 헤매는 게 낫겠어.

그 말이 목구멍 끝까지 치밀어 올랐다.

원래는 자하라와 나디아를 테헤란으로 다시 되돌려 보내려 했다. 교도들이 수에즈 운하에서 죽음의 노역하고 있다는 사실을 안 이상 목적지가 분명해졌고, 가능한 빨리 그곳으로 도착해야 했기 때문이었다.

그때 자하라는 이렇게 말했다.

'이제 와서 나보고 떠나라고요? 수에즈는 물론이고 바그다드까지 가는 길조차 모르잖아요. 어떻게든 도착이야 하겠지만, 제 안내를 받으며 갈 시간보다 줄어들 거라고 정말 확신하는 건 아니죠? 결국 당신은 헤매다, 헤매다 다른 길잡이를 찾게 될 거예요. 성가신 일들도 끊임없이 따르겠죠. 그때 가서 저를 보낸 걸 후회하지 않을 자신이 있나요?'

흑천마검만 지금 내 곁에 있다면, 지난 내 각오 따윈 모두 한구석으로 구겨 버린 채 녀석과 합일했을 것이다.

그래서 당장 바그다드 궁전으로 공간을 뛰어넘어 칼리프의 목을 베고, 이 일에 관련된 이들을 모두 도륙했을 것이다.

그 과정에서 선량한 희생자가 발생한다 할지라도 나는 충분히 그럴 마음이 있었다. 살심을 통제하지 않고 흑천마검이 분명히 바랐을 피의 향연을 일으켰을 거란 말이다!

하지만 녀석은 지금 내 곁에 없었다.

어찌 된 영문인지, 녀석은 그날 이후로 행방불명이 되어 버렸다.

녀석은 이런 식으로 나를 한 번씩 골탕 먹여 왔지만, 하필이면 지금과 같은 시기에 나를 제대로 엿 먹이고 있는 것이었다.

각설하고.

수에즈 운하까지 가는 길은 저쪽 세상으로 따지자면 이라크, 쿠웨이트, 사우디아라비아, 요르단, 이집트에 이르는 거대한 아라비아 반도를 관통해야 하는 먼 길이다.

그래서 그때 나는 자하라의 말에도 일리가 있다고 판단했다.

"그러지."

*   *   *

일몰로 사막 하늘이 주홍빛으로 물들기 시작했을 때, 아라카라는 이름을 가진 작은 오아시스 마을이 훤히 보이는 모래 언덕 위에 도착했다.

많이 잡아도 30호를 넘어 보이지 않았다. 사막의 약탈자들로부터 마을을 어떻게 보호하는지 궁금할 정도로 마을의 규모가 너무 협소했다.

그런데 내 우려를 불식시키기라도 하듯, 아이 몇몇이 오아시스 안에서 발가벗은 채 물놀이를 하는 광경이 펼쳐졌다.

오랜만에 보는 평화로운 광경이었다.

실로 오래간만에 입가에 미소가 그려졌다.

"예쁜 아이들이네요. 여기서 쉬어 가는 건가요?"

나디아도 힘없이 웃으면서 내 옆으로 낙타를 붙였다.

—이틀을 꼬박 달려왔으니까.

"저 때문이라면 괜찮아요. 주인님. 하지만 리야드는……."

나디아는 벌써 제 낙타에 리야드라는 이름을 붙여 주었다.

—알아. 오늘은 여기서 여독(旅毒)을 풀지. 마을 사람들이 호의적이면 좋겠는데.

"제가 먼저 마을에 다녀와 볼게요."

나디아가 떠난 자리로 자하라가 다가왔다. 그녀가 내 얼굴을 빤히 쳐다보며 대뜸 말했다.

"당신. 지금부터라도 얼굴을 바꾸는 게 좋겠어요."

"……."

"여긴 동방으로 가는 길과는 동떨어진 곳이죠. 앞으로도 그렇고요."

자하라가 무슨 말을 하는지 이해한 나는 그녀의 조언을 받아들이기로 했다.

이쪽 세상에서뿐만 아니라 저쪽 세상에서도 많은 아랍계 남성들을 보았다. 인종이 다른 사람의 눈에도 멋진 외모의 남성도 있었고, 추하게 생긴 자들도 많았다.

그 중에서 나름대로 평범하다 여기지는 얼굴과 헤어스타일을 떠올렸다. 몸은 다른 곳을 손대는 것 없이 피부색만 바꾸기로 하고, 낙타 위에서 바로 역용술을 펼쳤다.

드드득. 두둑.

몇 번을 들어도 결코 익숙해지지 않는 뼈 소리가 울렸다.

자하라는 실시간으로 변해가는 내 얼굴을 신기한 듯 바라보았다.

"당신의 검은 눈동자가 좋았는데…… 아쉽긴 하네요."

"마을로 들어가기 전에 하나 확실히 하지. 소란을 피우지 않기로 한 것을 잊지 마."

"칼리프의 또 다른 아들이 있다고 해도요?"

그러면서 자하라가 짧은 웃음을 터트렸다.

"그전을 얘기하는 거야. 그들이 무법자라고 해도 너는 상당히 지나쳤어. 겁을 줘서 해결할 수 있었던 것도, 너는 전부 죽여 버렸지. 내 곁에 있고 싶다면 다시는 그런 꼴을 보이지 않는 게 좋을 거야."

"당신은 완전히 잊어버렸겠지만, 사람들은 저를 살라딘이라 부르죠."

"명심해. 무의미한 살상은 없어. 특히 저런 조그마한 마을에선."

"그런 힘을 가지고 있으면서 당신도 참…… 어렵게 사는군요."

"내 말을 따르지 않을 거라면 테헤란으로 돌아가."

자하라는 비웃음과 비슷한 불쾌한 미소를 머금으면서 나를 바라보았다.

"불바다가 되었을 그곳으로 말인가요? 칼리프가 테헤란을 가만히 두었을 것 같나요? 우리가 칼리프의 아들을 죽였는데도? 당신은 참으로 자상하시네요. 나는 줄곧 당신 같이 자상한 남자를 기다려왔죠."

빌어먹을 또 칼리프.

"이런, 이런. 잊고 있었군. 너희들의 칼리프는 모든 걸 다 안다지? 그런데 왜 이곳으로 사람을 보내지 않았을까."

"모르죠. 저 조용한 오아시스 마을에 예니체리들이 가득 매복하고 있을지. 당신은 칼리프의 위대함을 인정하지 않지만 언젠가는 알게 될 거예요. 저는 그날이 최대한 늦게 오기만을 바랄 뿐이고요"

"내 앞에서 그 빌어먹을 자식에 대해 이러쿵저러쿵 떠들어 대지 마. 내가 한 말들 전부 명심해."

"그 분노는 아껴두었다가 칼리프에게 터트리세요. 제가 아니라."

자하라의 붉어진 얼굴이 부르르 떨렸다. 우리는 한 번씩 이랬다.

나 못지않게 잔뜩 화가 났으면서도 참고 있다는 것인데 이럴수록 자하라의 저의가 의문스럽다.

그녀의 말대로, 그녀는 그렇게 두려워하는 제국의 칼리프를 배신하면서까지 나를 돕고 있었다. 칼리프를 배신한 일이 어떤 결과를 초래할지 누구보다도 잘 아는 그녀였다.

믿지 않지만 만에 하나 칼리프가 모든 걸 다 아는 위대한 능력이 있어서 우리가 그의 아들을 살해한 사실을 알고 있다면.

지금 이 순간 칼리프의 군대가 마슈하드와 테헤란에 들이닥쳤다 해도 전혀 이상한 일이 아니었다.

중요한 건 자하라가 그렇게 믿고 있다는 것이다.

"왜 나를 돕지?"

"짓궂기까지 하시는군요. 전해도 말했을 텐데요."

"연정? 그 말을 믿으라는 것인가? 관두지. 어차피 내 교도들을 구하고 바그다드에 가면…… 네 속셈을 알게 될 테니까."

"돌이키기에도 너무 늦었죠."

자하라가 퉁명스럽게 내뱉고는 모래 언덕을 올라오는 낙타 두 마리를 바라보았다. 나디아가 앞장서고 있었고 그 뒤에 터번 쓴 노인이 있었다.

"마을 사람들에게 상냥하게 대해."

단호하게 말했다.

이윽고 나디아와 노인이 모래 언덕 위로 올라왔다.

"어……."

바뀐 내 모습을 본 나디아의 눈이 빠르게 깜박거렸다.

—모습을 잠깐 바꾼 것뿐이니 당황하지 말거라. 나디아.

나디아는 잠깐 멍해져 있다가 퍼뜩 정신을 차렸다. 그러는 사이 노인의 시선이 나와 자하라를 훑고 있었다.

우리를 썩 달가워하는 표정은 분명히 아니었다.

"이분이 제가 말씀드렸던……."

"자키야입니다. 그리고 제 남편 카림입니다."

자하라가 낙타에서 내리며 나디아의 말을 가로챘다.

노인이 가볍게 끄덕이자 자하라는 지금껏 보지 못했던 상냥한 미소를 지었다. 그러면서 보란 듯이 나를 흘깃 쳐다봤다.

"저희 부부가 오늘 하루, 아름다운 마을에서 하르마탄(hamattan:모래폭풍)을 피할 수 있겠습니까?"

"어디에서 오셨는지?"

"무흐타십(muhtasib: 본래 시장 감독관으로 쓰이는 명칭이나, 마을의 장을 부르는 말로도 쓰인다). 저희 부부는 나스라에서 왔습니다."

"오!"

노인의 얼굴이 대번에 밝아졌다. 심지어는 낙타에서 내려 내 손을 덥석 붙잡기도 했다. 내가 낙타에서 내리자 노인은 기다렸듯이 나를 껴안았다.

"나, 나스라가 아, 아직도 있소?"

노인이 흥분에 찬 얼굴로 내게 물었다.

"저희 남편은 어릴 적의 사고로 말을 못 하게 되었습니다."

자하라가 노인의 뒤에 대고 말했다. 나는 자하라의 둘러대는 말에 맞춰 고개를 숙였다 들었다.

"이십 년 쯤 지난 오래전이었습니다. 메카에서 온 아야룬(ayyarun: 부랑자)들이 큰 난동을 벌여 많은 사람이 다치고 죽었죠. 그때 저희 남편은 말을 잃게 되었습니다. 그런데 무흐타십께서 그 작은 마을을 아십니까?"

"아아. 아아……."

노인은 쉽사리 말을 잇지 못했다. 그런 노인의 눈이 눈물로 촉촉이 젖어 들어가기 시작했다. 노인은 한 손으로 얼굴을 쓸어내린 뒤 뻘겋게 변한 눈으로 우리를 바라보았다.

처음과는 달리 애잔함까지 깃든 친근한 눈이었다.

"……나도 나스라 출신이라오. 카림 부인이 말했던 난동 때…… 겨우 살아 도망쳐…… 많은 땅들을 헤매다 여기에 자리를 잡았다오. 참으로 끔찍했었소. 그 젊은 부랑자들은 무척이나 굶주렸었다오. 많기도 무척이나 많았지요. 나스라 어디에 살았었소?"

"떡갈나무 아래쪽에 작은 우물이 있었는데 기억하십니까?"

"우물! 아아. 기억나는구려."

"저희 부부는 어렸을 적부터 쭉 그쪽 부근에서 자라, 쭉 부근에서 살고 있었습니다."

자하라가 말했다.

흐읍.

노인이 콧물을 들이키며 다시 내 쪽으로 몸을 돌렸다.

그리고는 나를 다시 안더니, 몇 번이고 내 손을 강하게 붙잡았다.

"나는…… 나는…… 나스라가 없어진 줄 알았다오. 신께서 그대들을 내게 인도하셨구려. 자. 어서 마을로 내려갑세."

자하라가 노인의 등 뒤에서 '뭐가?' 라는 식으로 어깨를 으쓱했다.

*　　*　　*

"그대들보다 먼저 우리 마을을 방문한 이들이 있었다오. 아쉽게도 그들에게 빈집을 빌려 주어 남은 집이 없다오. 그렇다 해도 걱정 마시오. 내 그리운 고향에서 온 젊은 부부에게 까아(qa'a: 이슬람 전통 가옥의 사랑방)를 내주지 못하겠소."

노인이 우리를 제 손자 손녀를 대하듯 바라보았다.

"카림 부인. 아버지 성함이 어떻게 되시는지?"

"'우마르' 라는 이름을 아십니까?"

자하라가 미소 지으며 대답했다. 갑자기 달라진 자하라의 태도에, 나디아가 어리둥절한 표정으로 나를 쳐다봤다.

"우마르…… 우마르…… 미안하구려. 요즘 들어 기억이

가물가물하다오."

"아버지께선 대장간을 하셨습니다."

"나스라에 대장간은 딱 한군데였지. 대장간의 주인은 친절한 남자였다오. 마을 사람 누구나 그 사람을 좋아했었지. 그런데 내가 기억하기로는 나만큼이나 나이를 먹었을 텐데."

"아마도 무흐타십께서 기억하시는 분은 제 할아버지일 겁니다. 이십 년 전 그 악몽 같았던 날에, 할아버지께서 돌아가셨고 아버지가 대장간을 이어받으셨으니까요."

"이름이 이제 기억나는구려. 이······."

"이브라힘."

"맞아. 맞아. 모두가 좋아했던 그 사람의 이름은 이브라힘이었지. 카림 부인은 친절한 이브라힘의 손녀딸이었구려."

노인은 보물을 찾은 것마냥 기뻐하는 얼굴이었다.

우리는 겉으로는 여종 한 명만 데리고 먼 여정을 나선 젊은 부부였다.

그래도 낯선 이방인이었기에 마을 사람들의 시선이 좋을 리가 없었다.

하지만 무흐타십인 노인이 직접 우리의 신원을 보증하면서 기뻐하는 기색이 역력하니, 마을 사람들의 시선은 대번에 친근하게 바뀌었다.

노인은 우리를 그의 집으로 안내했다.

작은 마을에 어울리는 소박한 가옥이었다.

그는 공언한 대로 방 하나를 우리에게 내주면서, 저녁은 마을 사람 모두와 함께하게 될 거라고 말했다.

"오아시스에서 씻고 와도 될까요?"

노인이 잠깐 자리를 비운 사이 나디아가 물었다.

건조한 모래바람을 수없이 맞아온 탓에 온몸이 꺼끌꺼끌하긴 나도 마찬가지였다. 나디아뿐만 아니라 자하라까지 함께 노인의 집에서 나와 오아시스로 향했다.

그런데 우리보다 먼저 오아시스를 차지하고 있는 이들이 있었다.

오십여 마리가 넘는 낙타 떼에 물을 먹이면서, 그들도 얼굴 등을 씻고 있었다. 오아시스 밖 야자수 아래 걸터앉아 검을 손질하고 있는 이들의 수도 적지 않았다.

아라비아 남쪽의 사람들은 터번과 아라비안 풍의 의복 대신, 면화로 짠 발목 길이의 치마 형식의 옷을 입고 머리에는 끈으로 지탱한 커다란 크기의 직물을 뒤집어썼다.

지금 그들 대부분이 그런 차림이었다. 하지만 그렇지 않은 자들도 있었다.

"아덴에서 온 사람들이라오. 그렇지 않아도 말해 줄 것이 있어서."

노인이 우리 등 뒤에서 다가오며 말했다.

"하지만 저 사람은…… 악마잖아요."

나디아는 매우 놀라 하면서도 속삭이듯 말했다. 그러면서 겁먹은 표정으로 나를 바라보았다.

완전히 검은 피부에 두 눈동자만 허옇게 번뜩이니, 아프리칸을 한 번도 보지 못했던 사람이라면 그렇게 오해할 만도 했다.

나도 이 세상에서는 아프리칸을 보는 게 처음이었다. 아마도 이디오피아 부근에서 홍해를 건너 아덴만에 정착했던 것이 아닐까.

"악마가 아니라 바다를 건너 온 사람이라오."

노인의 인상이 살짝 찌푸려졌다.

메카 옆.

아라비아 반도 남쪽에서 왔다면 아프리칸을 모를 리가 없다는 뉘앙스였다.

"이 계집종은 테헤란에서 온 지 얼마 안 되었어요. 나디아. 저 사람은 악마가 아니라 우리와 같은 사람이란다. 서쪽 바다 건너에는 저들과 같은 사람들이 살고 있지."

자하라는 마음씨 좋은 주인처럼 부드럽게 말했다. 그런다음, 노인 쪽으로 시선을 돌렸다.

"제가 어렸을 적에 나스라에도 바다 건너에서 온 사람이 살았었는데, 기억나시나요?"

"기억하다마다. 생긴 것과는 달리 참으로 착한 청년이었지. 여태껏 살아 이 마을에 정착할 수 있었던 것도, 이십 년 전 난동 때 그 청년이 날 구해 줬기 때문이라오."

그제야 노인 표정이 아이스크림 녹듯 사르르 풀렸다.

그러던 문득, 노인은 심각한 표정을 지으며 얼굴을 가까이 가져왔다.

"꺼내서도 안 되는 말이지만 그대들만 조용히 알아 두시오들. 저들에게 가까이 가서는 아니 된다오. 저들은……."

노인이 잠깐 뜸을 들였다가 말을 이었다.

"살라딘의 사람들이라네."

귀를 기울여야만 들을 수 있는 아주 작은 목소리였다.

"살라딘이요?"

나디아가 반문했다.

표정으로 보건데 그녀도 모르게 나온 말 같았다.

노인이 화들짝 놀라며 나디아의 입을 막았다.

그러면서 집게손가락을 입술에 대며 쉬잇, 소리 냈다.

"정기적으로 우리 마을을 거쳤다가 바그다드로 가는 사람들이라네. 그리고 다시 우리 마을을 지나 성지로 돌아가지. 그런데 이번에는…… 평소와는 다르다오. 마을 어디를 가도 괜찮으나, 저들 곁으로만 가까이하지 마시오들."

"예. 무흐타십."

자하라가 공손히 대답했다. 그녀는 의외로 카림 부인의
역할에 충실했다.

노인은 다시 한 번 오아시스를 점거한 사내들의 동태를
살핀 다음 집으로 돌아갔다.

—살라딘의 사람들이라고? 사실인가?

나는 노인이 떠나길 기다렸다가 물었다.

—누가 감히 살라딘의 이름을 팔고 다닐 수 있겠어요.

—그렇다면 슐레이만, 그자의 사람들인 건가?

이슬람 제국에는 네 명의 살라딘이 있다.

동쪽에 자하라, 서쪽에 나샤마, 북쪽에 무트타르, 남쪽
에 슐레이만.

—아덴에서 왔다니 확실하죠. 슐레이만이 아덴만을 통
치하고 있으니까요.

—저들에게 관심 있어요?

—주기적으로 바그다드에 왔다 갔다 한다는 것은 저들
이 사자(使者)일 확률이 높지.

상단이라면 낙타에 잔뜩 싣고 온 교역품들이 있어야 하
지만, 어디에서도 보이지 않았다.

—다만 인원이 많은 게 특이하군. 다들 전투에도 능해

보이고. 일반적인 사자가 아니야. 무슨 일로 바그다드로
가는지 알아보고 와. 소란 없이.

　—자상도 하셔라. 저를 미천한 도둑으로 만드는 대가가
꽤 크다는 걸 잊지 말아요. 그 대가로 오늘 밤에 당신은 제
거예요. 들어가서 기다려요.

　자하라는 내 대답도 듣지 않고 사라져버렸다.

＊　　　＊　　　＊

　나디아는 저녁이 나오기도 전에 잠들어 버렸다. 며칠간
끼니를 때울 때를 제외하고는 쉬지 않고 강행군을 했으니
무리도 아니었다.

　온도가 영하 밑으로 떨어지는 밤에는 낙타털로 만든 외
투를 뒤집어쓰고 달려왔다. 그래도 아직 수에즈까지는 갈
길이 먼 탓에, 이런 잠깐의 휴식도 내게는 적지 않게 불안
했다.

　—오래 안 걸렸군.

　내가 의념을 보내자, 자하라가 유령처럼 스르르 나타났
다.

　—재미있는 걸 알아낸 모양이야?

　돌아온 자하라의 얼굴에는 음흉스런 미소가 걸려 있었

다.

　―오늘 밤 당신은 제 것이니까요. 그런데 이것은 건방지게 주인보다도 먼저 자고 있군요. 관두죠. 어쨌든 저들은 칼리프께 보내진 게 아니에요.

　―그럼 누구에게 보내진 거지?

　―사드리 아잠(sadr―i azam).

　―사드리 아잠?

　―와지르 위의 와지르. 칼리프의 옥새를 관장하는 최고 대신이자 디완의 통솔자지요.

　―계속해 봐.

　"흐흐흐……."

　자하라는 이상하게 웃었다.

　―무엇이 그리 재미있는 거지?

　―사드리 아잠과 살라딘 슐레이만이 그렇게 어리석은 자들일 줄은 몰랐네요. 칼리프께 반기를 들다니. 반역이 성공할 거라고 생각했기에 그 멍청한 반역을 준비하고 있는 것이겠죠?

　―내각 최고 대신과 남쪽의 살라딘이 반란을 준비해?

　―정세가 예기치 못한 방향으로 흘러가고 있네요.

　―계속.

　―바그다드에서 어떤 일이 있었어요.

—어떤?

—거기까지는 누구도 알지 못하더군요. 하지만 그 일이 무엇이 됐든, 사드리 아잠과 슐레이만은 그 일을 계기로 움직이게 된 거죠.

—뻔하지. 후계 문제야.

—그렇겠죠. 그간 사드리 아잠과 슐레이만은 공공연히 미나레트 전하를 지지해 왔어요. 그런데 재미있게도, 그 둘이 반란을 준비하는 이유가 사이드 전하를 칼리프로 추대하기 위함이란 것이죠. 사실 그 둘은 사이드 전하의 사람이었던 거고, 그 오랜 세월동안 감쪽같이 사람들을 속여 왔던 거죠.

—사이드라.

—사이드 전하는 따지고 보면 당신의 편이예요. 당신의 교단과 친분을 쌓아온 건 사이드 전하였고, 그래서 당신의 사람들도 사이드 전하에게 의탁하기 위해 이 땅을 온 것이었으니까요.

—하지만 이렇게 되었지.

흑응혈마는 죽고……

십만 명에 육박하는 교도들은 노역장으로 끌려가, 지금 이 순간에도 죽어 나가고 있다.

그렇게 된 데에는 나를 경계하는 칼리프의 의지도 있겠

지만 사이드 왕자가 후계 구도에서 밀린 탓도 있었을 것이다.

—생각해 보니 아쉽네요.

그때쯤 자하라의 얼굴에 머물러있던 미소도 사라져 있었다.

—사드리 아잠과 슐레이만이 반란을 생각할 정도로 지극한 사이드 공의 사람들이었다는 걸 진작 알았다면, 많은 게 바뀌었을 거예요. 우선 우리는 여기에 없었겠죠.

—무슨 말이지?

—우리는 사드리 아잠과 슐레이만. 그 둘과 함께했을 거예요. 그리고 더 먼저 알았다면 무트타르까지 그렇게 제거하는 게 아니라, 당신과의 대결을 미끼로 끌어들였겠죠. 무트타르는 당신과 대결하기 위해서라면 테헤란도 버릴 정도로 열성적이었어요.

자하라의 의념이 계속 흘러들어왔다.

—마스지드가 관건이긴 해도, 사드리 아잠이 반란을 생각할 정도였다면 그쪽으로 믿는 구석도 있었을 테지요. 그랬다면 칼리프와의 전쟁도 기대해 볼 만했겠지만.

나는 고개를 저으며 말했다.

"하지만 시간은 되돌릴 수 없지."

—시간은 되돌릴 수 없죠. 진즉 알았더라면…… 우리

손으로 칼리프를 바꿀 수도 있었겠지요. 위대한 칼리프
를…… 그리고 당신의 복수도…….

＊　　＊　　＊

호위 하나 없이 남자 하나와 여자 둘만 움직였기 때문
에, 사막의 약탈자들은 우리를 가만히 내버려 두질 않았
다. 심지어는 식량을 구하러 들어갔던 한 마을 전체가 갑
자기 도적으로 돌변하기도 했다.

그러나 정작 우리에게 위기의 순간은 그런 약탈자 따위
가 아니라 사막과 황무지의 독충(毒蟲)들이었다. 사람뿐만
이 아니라 낙타와 말들까지도 무는 바람에 이동이 지체되
는 순간이 여러 번 있었다.

그런데 다행히도 내가 가장 크게 염려했던 나디아는 목
적지까지 낙오되지 않았다.

뿐만 아니라 틈틈이 연공을 한 끝에 백화여후검법과 백
화여후단일공(白化單一功)의 초입에 들어서는 기특한 면
을 보이기도 했다. 무림인에 비하면 갓난아이만도 못한 성
취지만, 비로소 본격적으로 무공을 수련할 수 있는 준비가
되었다 할 수 있었다.

"드디어 도착했어."

우리 일행은 모래벌판을 세로로 가로지르는 강줄기 앞에서 낙타를 멈췄다.

　근 두 달이 넘었던 강행군의 결과가 우리 앞에 있었다.

　"지금부터는 운하를 따라 수에즈 쪽으로 내려가도록 하지."

　수에즈 운하의 총 길이는 대략 200km쯤 된다고 알고 있다.

　이제부터는 그저 강줄기를 따라 이동하면 되는 것이었기에, 운이 좋으면 이틀 안에 늦어도 삼 일 안에는 분명히 그토록 찾아 헤맸던 교도들을 찾을 수 있을 것이다.

　"도착했으니. 저번에 못 했던 대화를 계속해 볼까요?"

　자하라가 운하 너머의 땅을 응시하며 말했다.

　"당신의 사람들을 찾게 되면 어떻게 할 건가요? 당신이 그들을 구출할 수 있다는 것을 의심하지 않아요. 하지만 그 뒤에는요? 이 일대는."

　자하라는 몇 번이고 수에즈, 카이로, 알렉산드리아에 달하는 이집트 북부 지역을 통치하고 있는 술탄에 대해 언급해 왔다.

　"살라딘 나샤마의 땅이지."

　나는 대수롭지 않다는 듯 대꾸했다.

　"나샤마를 우습게 보고 계시군요. 다시 한 번 말씀드리죠."

"아니. 그쯤하면 됐어. 그녀의 저주가 얼마만큼 지독한지 충분히 들어왔으니까."

"나샤마의 저주는 별개로. 그것의 병사들은 어떻게 할 셈이죠? 십만 명이나 되는 사람들을 데리고 어떻게 군대의 추격을 피할 셈인가요. 부딪칠 때마다 싸울 건가요? 이 일대를 벗어난 후에는요? 당신이 지나치는 모든 땅의 술탄들과 싸워야 할 거예요. 당신은 온 이슬람을 상대로 당신의 사람들을 지킬 수 있다 자부하나요?"

"……."

"신께서 당신을 도와 붉은 사막까지 갈 수 있었다 치더라도, 십만 명 중 몇이나 당신 곁에 남아 있을까요? 더욱이 남자는 거의 없고 전부 여자와 노인, 어린아이들뿐이라죠?"

"하고 싶은 말이 뭐지?"

밀려오는 짜증을 억누르며 물었다.

"몰라서 물어요? 당신은 지금 아무런 대책이 없어요."

"나는 단신으로 너희들의 깊숙한 땅 끝자락까지 들어왔다."

불탄 본산을 뒤로한 채 서역으로 떠났을 때.

교도들이 겪을 어느 정도의 고초만을 예상했을 뿐, 상황

이 이렇게까지 흘러가 있으리라곤 생각지 못했다

가정할 수 있는 시나리오에서 최악 중의 최악이었다.

남자 하나 없이 여자와 노인 그리고 어린아이들뿐만 인 교도들.

더군다나 그 수가 십만에 달하는 대규모의 인원을 데리고 수만 킬로미터를 횡단하여 중원까지 되돌아가야 한다?

아무런 방해가 없다 해도 이동하면서 닥칠 수많은 어려움들이 산재해 있는데, 우리를 막아서고 있는 것은 이슬람 전체였다.

그네들의 거친 자연환경을 바닥에 깔고, 전역에서 들이닥칠 병사들을 뚫으며 수만 킬로미터를 횡단해야 하는 것이다.

그게 가능한 일일까?

어림도 없는 소리!

하지만 때로는 절대 불가능하다는 것을 알면서도 해야만 할 때가 있는데.

지금이 바로 그때였다

"나야말로 묻고 싶군. 이제 와서 그렇게 내 신경을 건드리는 이유가 뭐지?"

"잠시 생각할 시간을 갖자는 거죠. 이대로 당신의 사람들을 찾으면, 당신은 분명히 감독관들을 죽이고 그들을 구출부터 할 테니까요. 그럼 나샤마는 분노하겠죠. 그것이 수에즈 운하 공사를 책임지고 있을 게 분명하니."

"이런 얘기라면 가면서 해도 충분해. 다시 움직이지. 가자. 나디아."

한편 나디아는 생각 깊은 얼굴로 운하를 바라보고 있었다.

이슬람 제국에서 태어나 카라반 상단에서 자란 그녀였지만, 이 먼 이집트 땅까지 오게 될 날이 있으리라곤 생각조차 해 보지 못했을 것이다.

"예. 주인님."

나디아가 먼저 낙타를 움직였다.

나도 운하에서 시선을 뗐다. 요동치는 내 심정과는 다르게, 아무런 일 없다는 듯이 잔잔히 흐르는 그 물줄기가 잔인하게 느껴졌다.

"내가 나샤마라면 당신의 사람들에게 저주를 걸 거야."

자하라의 목소리가 등 뒤에서 들렸다.

어쩔 수 없이 이맛살을 구기며 자하라 쪽으로 낙타를 돌렸다.

"그럼 역병이 돌고 당신은 결국 항복할 수밖에 없겠죠."

자하라가 빙그레 웃었다.

"내가 나샤마라면 나에게 저주를 걸 텐데?"

"흐흐. 무트타르마저 꺾은 당신에게 직접? 당신의 약점이 무엇인지 너무도 뻔한데 모험을 할 이유가 없잖아요."

"나샤마는 카이로 궁전에 있나?"

"그것이 당신과 싸우려 하겠어요? 당신이 이쪽으로 온다는 것을 알고 있을 거예요. 나샤마가 할 일은 당신과 부딪치지 않으면서 당신의 사람들에게 저주나 거는 그런 추잡한 일뿐인 거죠"

"나샤마와는 서로 알던 사이군?"

나샤마를 언급할 때마다 자하라의 말에 가시가 돋쳐 있었다.

"단언컨대 그것의 본 얼굴을 본 사람은 저뿐일 거예요. 그것의 검은 베일 뒤에 얼마나 못생긴 얼굴이 자리하고 있는지……. 오죽하면 그것조차 제 얼굴이 싫어 거울을 보지 않죠."

보아하니 자하라는 나샤마를 어떻게 상대해야하는지 알고 있는 것 같았다.

"너무 뜸을 들이는군. 무엇을 원하지?"

"그건 다음에 계산하기로 하죠. 계산할 게 많을 테니까요. 그리고……."

* * *

자하라는 카이로를 향해 혼자 운하를 건넜다.

나디아와 나는 멀어져가는 그녀의 뒷모습을 바라보고 있다가 다시 낙타를 몰고 남쪽으로 내려가기 시작했다.

운하 군데군데가 토사(土砂)로 끊겨 있는 걸로 봐서는 아직 공사가 이 부근까지 진행된 것 같지 않았다. 우리는 해가 떨어진 후에도 한참을 내려갔다.

그러던 깊은 밤중에 모래바람이 거세져, 황무지에 덩그러니 놓인 폐가에서 잠깐 모래바람을 피하기도 하였다.

"나디아."

나지막한 목소리로 나디아를 불렀다. 이미 해가 뜬지 한참이 지났다. 낙타 위에서 꾸벅꾸벅 졸고 있던 나디아는 내 목소리에 부스스한 머리를 헝클며 나를 쳐다봤다.

나디아에게 전방의 먼 쪽으로 가리켜 보였다.

그곳에는 황무지 전체를 가득 채운 허름한 천막들이 끝없이 펼쳐져 있었다.

나디아가 토끼같이 동그래진 눈을 깜박깜박거리면서 침을 꿀꺽 삼켰다.

지금껏 그래 왔듯 태연하게 낙타를 몰고 내려가고 있지만 내 심장은 쿵쿵대면서 빠르게 뛰었다.

이윽고 조그맣게 보였던 광경들과 한층 더 가까워졌다.

황무지와 운하는 지평선 너머까지 사람들로 바글바글거렸다.

뜨거운 햇볕을 못 이기고 쓰러지는 노인, 앙상한 팔로 모래를 퍼내는 어린아이, 감독관의 채찍질 아래 모래 수레를 옮기고 있는 여성.

검은 머리칼이 힘없이 내려와 그네들의 얼굴에 착 달라붙어 있다.

나는 눈앞에 펼쳐진 끔찍한 광경에 눈을 질끈 감았다가 천천히 떴다.

＊　　　＊　　　＊

한 여성이 시선 안으로 들어왔다.

그녀의 옷은 다 해지고 찢겨져 왼쪽 가슴이 밖으로 노출되어 있기까지 했다. 뿐만 아니라 얼굴과 겉으로 드러난 피부들 또한 의복 상태와 다름없이 온갖 상처로 가득했다.

다리에 중심이 잡혀 있지 않아 금방이라도 쓰러질 것 같더니, 그녀는 머리에 지고 있던 모래주머니와 함께 결국 앞으로 고꾸라 넘어지고 말았다. 일어나려고 몸부림치지만 쉽게 일어나지 못하고 다시 중심을 잃고 쓰러졌다.

그녀를 지켜보고 있던 감독관이 성큼성큼 걸어왔다. 그

리고는 아무런 경고도 없이, 다짜고짜 가죽 채찍으로 그녀의 등을 때렸다.

쫘악!

끔찍한 소리와 함께 등가죽이 찢겨지며 핏물이 사방으로 튀었다.

긴 가죽 채찍은 또다시 뱀 혓바닥처럼 날름거리며 여성의 등가죽을 찢어 놓았다.

여성은 맞을 때마다 비명 소리 한 번 없이 몸을 꿈틀 꿈틀거리는 게 전부였다.

비명 지를 힘조차 없었던 그녀에게 무자비한 채찍질이 계속됐다.

화악.

갑자기 시야가 넓게 확장되었다.

채찍이 한 개에서 열 개로 열 개에서 백 개로, 수많은 감독관들이 헐벗은 사람들을 채찍질하는 광경들이 사방에서 펼쳐졌다. 채찍들이 어디에서나 너풀너풀거렸다.

"주인님······."

나디아가 걱정스런 얼굴로 나를 쳐다보며 내 손을 꽉 쥐었다.

내가 그녀의 손을 뿌리치고 내 교도들에게 달려가려던 그때.

등 뒤로 황급히 외치는 나디아의 목소리가 들렸다.

"자하라님이 하신 말씀 잊지 마세요."

그것이 나를 멈춰 세웠다.

"……."

팔 전체, 아니 몸 전체가 부르르 떨렸다. 나는 천천히 몸을 돌려 나디아를 쳐다보았다. 내 표정이 어땠는지 모르나 그녀는 귀신을 본 것처럼 놀란 얼굴이 되었다.

"……. 어디에 있는지 확인했으니, 이제 우리는 여길 지나쳐야 해요. 지나가실 수 있으시겠어요?"

무척 조심스러워 하면서도 꼭 그렇게 해야만 한다는 어투였다.

자하라는 카이로까지 가서 나샤마의 저주를 막는데 최소 4일이란 시간이 필요하다 했다. 그러면서 내게는 그 4일간 수에즈에 머물면서 살라딘 슐레이만과 사드리 아잠의 동태를 살피라 하였다.

살라딘 슐레이만과 사드리 아잠이 군대를 일으킬 때에 맞춰, 교도들을 구하는 것이 이동하는데 조금 더 수월하지 않겠냐는 게 그녀의 생각이었다.

하지만 지금 내 눈앞에서 뻔히 교도들이 죽어 나가는데.

어떻게 외면할 수 있단 말인가!

"나디아. 먼저 수에즈로 가 있거라."

쫘악!

그 순간에도 감독관들의 채찍질은 멈추지 않고 있었다.

"지금 당장!"

제7장

교주님을 뵈옵니다

사막 기병들이 공사 현장 외곽에 진을 치고 주둔해 있었다.

다들 무거운 무장 대신 헐렁한 로브와 투창으로 무장을 한 상태였다. 기동력이 좋은 이 사막 기병들은 패주하는 적을 쫓기에 용이한데, 아마도 살라딘 나샤마가 도망칠 교도들을 염려해서 주둔시켜 놓았을 확률이 높았다.

공사 현장을 지키고 있는 주력 부대는 맘루크 보병대였다.

인종이 다양한 노예들로 구성된 그 부대는 공사 현장 중심에 주둔해 있었다. 끊임없이 현장 주위를 순찰하는 모습에, 그들에게 떨어진 경계령을 짐작케 했다.

나를 대비해 삼엄한 경비 태세를 갖추고 있었던 것만은 분명하다.

하지만 그들의 눈을 피해 교도 한 명을 빼내 오는 것쯤은 식은 죽 먹기였다.

황무지에 버려진 어느 폐가 안.

"정신이 드느냐?"

여성의 눈이 천천히 떠졌다.

오전에 감독관의 채찍질 아래 반쯤 죽어가던 그 여성이었다.

당장 마땅한 의료품이 없어 찢겨나간 등가죽을 치료해주지는 못했지만 쇠해진 기력을 보충시켜 줄 수는 있었다. 내가중수법이 없었더라면 오늘을 넘기지 못했을 만큼 상태가 위독했었던 그녀였다.

정신을 차린 여성은 내 얼굴을 보더니 다짜고짜 내 팔을 물려고 했다.

그건 내 불찰이었다.

내 실수를 깨닫고선 아랍인으로 꾸미고 있던 역용술을 풀었다.

"……."

여성은 넋이 나간 사람처럼 말이 없어졌다. 퀭한 눈으로 나를 빤히 바라보면서 입술을 덜덜덜 떨었다.

그러던 그녀가 갑자기 자리에서 일어났다. 그녀의 두 눈에서 줄기를 이룬 눈물이 뺨을 타고 흐른 그때, 그녀의 신형도 천천히 앞으로 기울어졌다.

그녀가 무릎을 꿇으며 바닥에 이마를 댔다.

찢겨진 등가죽 때문에 운신할 때마다 상당한 고통이 일텐데도, 그녀는 그것을 끝까지 참아냈다. 그리고는 떨리는 목소리로 말했다.

"천유양월……. 천세만세……. 지유본교……. 천존……."

"그만하면 되었다."

"하, 하교 위소랑이 교주님을 뵈, 뵈옵니다."

"소랑. 먼 이역만리까지 와서 참으로 고생이 많았구나."

진심으로 측은한 마음이 들었다.

그녀를 직접 부축해서 다시 배를 바닥에 깔게끔 눕혔다.

"본 교주의 명이다. 그대로 누워 있거라."

다시 상체를 일으키려는 그녀를 향해 말했다.

"용케도 본 교주를 알아보았구나. 본좌를 본 적이 있느냐?"

"교, 교주님께서 호법들을 대동하신 채 하산하셨을 때, 먼발치에서 뵌, 뵌 적이 있습니다."

차마 나를 똑바로 쳐다 못하고 떨궈진 고개 아래로, 닭똥 같은 눈물이 계속해서 떨어지고 있었다.

그녀의 머리 위에 차분히 손을 얹었다.

계속해서 떨고 있는 그녀를 진정시키기 위해 한 행동이었다. 하지만 그녀는 전기에 감전된 듯 또렷하게 몸을 떨면서 36자 교언을 읊었다.

그녀의 백회혈로 공력을 주입했다. 비로소 떨림이 잦아들었고, 그녀의 얼굴에도 한층 더 생기가 돌아왔다.

정신이 깨끗해지니 뭔가 드는 생각이 있었던 모양이다.

그녀가 놀란 눈을 부릅뜨면서 다시 입을 열었다.

"경, 경황이 없어 제대로 교례를 갖추지 못한 점 용서하여 주시옵소서. 십, 십시 월호 평교도(平敎徒) 위소량이 전지전능하신 교주님을 뵈옵니다."

"아니다. 이제 본 교주가 너희들을 찾았으니, 너희들이 당한 수모와 고통을 모두 갚아 줄 것이다. 참으로 고생하였어."

나는 폐가 안을 조심스럽게 살피는 그녀의 모습을 놓치지 않고 말했다.

"가족이 있느냐?"

"지아비와 아들 둘이 있었사온데……. 지아비는 출정하여 소식을 알 수 없고 아들 하나는 몇 달 전에 잃었사옵니다.”

“하면 네 남은 아들은 노역장에 있겠구나? 몇 살이더냐?”

“열……. 열 살이옵니다.”

놈들은 어린아이들까지 노예처럼 부리고 있었다.

악독한 노역을 시키는 것뿐만이 아니라 끼니도 제대로 챙겨 주지 않은 것이 분명한 게, 하나같이 팔다리가 앙상했었다.

감독관의 채찍질에 고스란히 노출되어 제 몸만큼이나 큰 모래주머니를 옮기던 아이들의 모습이 눈앞에 아른거렸다.

나는 쪼그리고 앉은 채로 이 안쓰러운 아낙의 머리를 천천히 쓰다듬어 주었다.

“걱정이 많겠구나.”

훌쩍거리던 그녀가 문득 고개를 들어 나를 쳐다봤다.

“이 간악한 색목인들을 모두 주, 죽……. 죽여주시옵소서. 미천한 하교의 간절한 소원은 그것뿐이옵니다.”

눈물이 그렁그렁 맺힌 그녀의 눈동자에는 불구대천의 원수를 향한 지독한 살심이 번질거리고 있었다.

“그리할 것이다. 허나 중(重)한 것은 네 자식 목숨이 아니겠느냐. 간악한 색목인들을 모조리 벨뿐만이 아니라, 네 자식과 네가 알던 모든 사람들 또한 구해낼 것이다. 해서 지금부터 몇 가질 물을 터이니 아는 대로만 대답하면 될 것이다."

*　　*　　*

외곽을 순찰하던 맘루크 보병대 하나와 감독관 하나를 잡아왔다. 위소량에게 알아낸 정보를 토대로 그 둘을 번갈아 가며 심문했다.

추측대로였다. 사막 기병대가 공사 현장으로 파견된 지 불과 며칠밖에 지나지 않았을 뿐만 아니라, 맘루크 보병대에도 전시(戰時)에 가까운 경계령이 떨어진 것이다.

내가 붙잡아 온 이들은 일개 감독관과 병졸에 불과해서 그 자세한 내막을 정확하게 몰랐다.

하지만 '동방에서 온 붉은 사막의 왕이 살라딘 무트타르를 꺾고 그의 백성들을 찾고 있다.'라는 말은 들은 적이 있어, 그 일과 높아진 경계령이 관계가 있다는 것쯤은 눈치채고 있었다.

즉, 진노(震怒)한 붉은 사막의 왕이 조만간 찾아올 거라는 소문이 주둔군 사이에 돌고 있었다는 것이다.

병사들마저 내가 올 거라는 것을 어렴풋이 짐작하고 있

던 마당에 살라던 나샤마라고 가만히 있었을 리가 없었다.

자하라의 말대로 나샤마가 교도들에게 저주를 걸어 역병을 퍼트린다면 속수무책.

당장 교도들을 데리고 떠나고 싶지만, 자하라가 얘기했던 기일까지는 꾹 참아야만 하는 것이었다.

*   *   *

심문이 끝난 감독관과 맘루크 보병을 제거했다.

그런 다음 맘루크 보병으로 역용을 하고 놈의 옷을 벗겨 입었다. 무장까지도 똑같이 챙겨 폐가에서 나왔다.

그렇게 향한 곳은 당연하겠지만 운하 정비 공사가 한창인 현장 안이었다. 감독관 하나와 순찰 돌던 병사 하나가 사라진 것쯤은 조금도 티가 나지 않을 만큼 규모가 광범위했다.

채찍질 소리가 요란하고 비명이 어디에서도 들렸다.

바로 내 앞에 바위가 든 바구니를 진 노인이 지나치고 있었다. 탈수 증상이 보였는데, 아니나 다를까 몇 걸음 가지 못하고 쓰러지고 말았다.

주변에서 같이 모래주머니를 옮기던 아이 셋이 황급히 달려와 노인을 부축했다.

그러던 그때 인상을 구기며 다가온 감독관이 걸어온 그대로 아이들을 걷어차기 시작했다.

퍽! 퍽!

그래도 아이들은 오뚝이처럼 일어나 노인을 일으키려 했다.

세 아이는 형제지간인지 키는 제각기 달랐지만 독기 실린 표정이 하나같이 닮아 있었다.

"더러운 이교도의 자식들!"

채찍 든 감독관의 오른 어깨가 힘 있게 뒤로 젖혀졌다.

내가 감독관의 어깨에 손을 올리자, 그가 성난 얼굴과 함께 내 쪽으로 얼굴을 돌렸다.

맘루크 병사는 같은 이슬람인 사이에서도 악명이 자자하다.

신분이 노예이면서도 함부로 대할 수 없는 이유는, 그들은 마음에 거슬리면 앞은 생각하지 않고 경고 없이 상대의 목을 베어 버리기 때문이었다.

빠르게 내 전신을 훑은 그는 인상을 일그러트리며 신경 쓰지 말라는 듯 손을 휘휘 저었다.

빠악!

검자루 끝으로 감독관의 얼굴을 강하게 찍었다.

"악!"

비명과 함께 감독관의 허리가 앞으로 꺾였다. 내 무릎이 놈의 고개 숙인 얼굴을 다시금 올려 찍었고, 놈은 뒤로 날아가듯 쓰러졌다.

놈이 피가 철철 흐르는 코를 감싸며 바닥에서 나뒹구는 사이에 주변에 있던 감독관들이 몰려왔다.

세 형제는 놀란 표정으로 나를 올려다보고 있었다. 나는 세 형제에게 여기서 빨리 사라지라고 눈빛으로 재촉했다.

"이게 무슨 소란이냐."

이마에 노란색 띠를 두른 감독관이 몰려든 감독관들을 밀치며 나타났다. 감독관들 중에서도 반장 격인 녀석이었다.

내가 녀석을 향해 성큼성큼 걸어가자, 녀석 주위에 있던 감독관들이 채찍을 강하게 움켜쥐며 내 앞을 막아섰다.

—저자가 나를 모욕했다.

녀석을 노려보며 의념을 전했다. 뜻밖의 의념에 녀석은 크게 놀란 얼굴이 되었다가 빠르게 안정을 되찾았다.

"네 상관이 누구냐?"

—카르탄 알 지브.

"네 상관이 카르탄 알 지브란 말이지?"

녀석이 다른 감독관들에게 눈빛을 보냈다. 감독관 둘은 쓰러진 감독관을 부축하며 사라졌고, 다른 누군가는 어디론가로 빠르게 뛰어갔다.

잠시 뒤 맘루크 보병 셋이 나타나 핏물로 짓뭉개진 모랫바닥을 보면서 고개를 설레설레 저었다.

그들은 아무 말 없이 내게 따라오라는 듯이 손짓했다.

"세 번째 눈을 수련한 놈이다. 같잖게 마스지드의 성자 흉내를 내고 있지. 너희들의 상관도 그걸 아나?"

감독관 반장이 빠르게 우리 뒤쪽으로 따라 붙어 말했다.

맘루크 보병들은 무심한 눈길로 나와 감독관 반장을 번갈아 쳐다봤다. 그게 전부였다. 맘루크 보병들은 처음처럼 아무 말이 없었다.

"이번 일, 그냥 넘어가지 않을 것이다. 어떻게 처벌하는지 두고 볼 거라고 전해. 건방진 노예 놈들……."

결국 감독관 반장이 투덜거리면서 먼저 몸을 돌렸다.

나는 맘루크 보병단의 본진으로 이송되었다.

문제를 일으키는 병사들을 가두는 목책 안에 있다가, 그리 오래 지나지 않아서 다른 곳으로 인계되었다.

저급한 군막들과는 달리 낙타 가죽으로 햇볕을 완전히 차단시킨 고급 군막으로 말이다.

험상궂은 인상을 가진 사내 하나가 나무 의자에 비스듬히 앉아 턱을 괴고 있었다.

단검으로 탁상을 찍으면서 무료함을 달래고 있던 그가,

나를 향해 대뜸 말했다.

"왜 보고하지 않았느냐. 외곽 순찰만 돌고 있었다면서? 세 번째 눈을 수련했다는 걸 보고했다면 괜찮은 보직을 줬을 텐데. 생긴 것처럼 멍청한 녀석이군. 마스지드에서 신을 섬겼을 리는 없고."

모든 게 예상대로였다.

"……."

"그렇지. 세 번째 눈을 가진 노예들은 다들 비밀 하나씩이 있지. 정말로 마스지드에서 신을 섬겼었느냐?"

녀석이 눈빛을 보내자 군막 안에 있던 보병 둘이 밖으로 나갔다.

"내가 묻고 있지 않느냐. 네 비밀은 무엇이지?"

—듣고 싶지 않을 텐데.

"건방지게 아스케르(asker: 이슬람 제국의 지배 계층) 앞에서 의념은!"

녀석의 목 중앙 부위에 위치한 할라에서 원기의 흐름이 빨라지는 게 느껴졌다. 녀석이 탁상을 양 손바닥으로 가볍게 치며 탁상을 넘어왔다.

녀석이 광오한 눈빛과 함께 다시 입을 열려던 그때.

"큭!"

내 팔이 먼저 허공을 가로지르며 녀석의 목을 움켜쥐었

다.

　―아직도 내 비밀이 알고 싶으냐?

　　　　　＊　　　＊　　　＊

　"무, 무슨……."

　맘루크 대장은 말을 끝까지 잇지 못하고 눈만 부릅떴다.

　아혈(啞穴)이 잡힌 탓이다. 마혈(痲穴)마저도 짚어 버리
자 굳은 석고상 마냥, 서 있는 자리에서 눈동자만 데굴데
굴 굴렸다.

　그러던 문득 밖에서 흐느끼는 소리들이 들려왔다. 그 소
리가 가까워짐에 따라, 맘루크 대장을 탁상 밑으로 구겨
넣고 놈의 것으로 얼굴을 바꿨다. 또한 녀석이 걸치고 있
는 로브를 걸쳐 아무 일 없었다는 듯이 의자에 앉아 턱을
괬다.

　나를 인솔해 왔던 보병 하나가 인기척을 내면서 들어왔
다.

　녀석은 조금 당황한 듯 보였다. 막사 안에 당연히 있어
야 할 병사는 없고, 그네들의 대장만 아무 일 없다는 듯이
의자에 앉아 있었으니까.

　"لماذا (왜?)"

얼굴을 찌푸리며 말했다. 내 입에서 맘루크 대장의 목소리가 흘러나왔다.

"이교도들이 왔습니다."

보병이 각이 잡힌 자세로 대답했다.

데려와.

나는 그런 식으로 손만 까닥거렸다.

이교들이라면…….

보병이 나간 직후, 흐느끼는 소리가 점점 가까워졌다.

막사 휘장이 걷히면서 여성 교도 다섯이 칼끝이 가리키는 방향을 따라 걸어 들어왔다.

노역장에서 봐왔던 교도들과는 달리 외양이 깨끗했으며, 망사처럼 속살이 비치는 아라비안 풍의 옷을 입은 채였다.

가슴은 물론이고 음모(陰毛)까지도 보였다.

이 더운 날씨임에도 불구하고 아직 머리카락에 물기가 남아있는 걸로 봐서는 씻기자마자 바로 데려온 듯싶었다.

여성 교도들을 인솔해 온 보병은 언제나 해오던 일이었는지, 여성 교도들을 막사 안에 데려다 놓고는 자연스럽게 밖으로 나갔다.

여성 교도들은 비를 흠뻑 맞은 강아지들처럼 고개를 푹 숙인 채 바들바들 떨고 있었다.

그러던 중 여성 교도 하나가 필사(必死)의 각오가 선 눈으로 나를 흘깃 쳐다본 후, 같이 온 여성 교도들에게 말했다.

"울지 마. 교주님께서 이 수치를 전부 갚아 주실 것이다."

그렇게 말하는 그 여성 교도만이 유일하게 떨지도, 울지도 않고 있었다.

이게 무슨 상황인지 대번에 알아차렸다.

성(性) 착취.

교도들이 노역을 하고 있다는 것을 알게 된 뒤로 항상 걱정했던 부분 중의 하나였다.

하지만 보란 듯이 그 일이 내 앞에 펼쳐지고 만 것이다.

아득.

분노로 쥐어진 내 주먹이 여성 교도들과 같이 부르르 떨리기 시작했다.

여성 교도들이 흠칫 놀라며 고개를 들었다.

갑작스럽게 흘러나온 흉폭스런 내 기세 때문이었다.

일단, 공력으로 막사 밖으로 흘러나가는 음성들을 막았다.

그런 다음 탁상 밑에서 맘루크 대장을 끄집어내 바닥에 내동댕이쳤다.

여성 교도들의 겁먹었던 눈이 휘둥그레지는 것은 자연스러운 일이었다. 그네들의 시선이 빠르게 나와 맘루크 대장을 오고 갔다.

드드득. 두득.

역용을 풀고 본연의 얼굴을 여성 교도들에게 비췄다.

그네들 중 나를 알아본 셋이 허겁지겁 절을 했고, 나머지 둘도 어리둥절하다가 다른 이들을 따라 무릎을 꿇었다.

놀라긴 맘루크 대장도 마찬가지였다.

아혈과 마혈이 짚혀 아무런 말도 할 수 없고 움직일 수 없었음에도 불구하고, 놈의 표정은 그 어느 때보다도 생생히 살아 날뛰고 있었다.

"아……. 아……."

"천, 천, 천……."

"천유양월. 천세만세. 지유본교. 천유본교. 독보염혈. 군림천하. 지상지하. 광명본교. 내당 하교도 유유비가 전지전능하신 교주님을 뵈옵니다."

"교, 교주님!"

"교주님!"

여성 교도 다섯이 제각기 다른 목소리를 터트렸다. 그러면서 36자 교언을 전부 읊은 교도 하나를 제외한 전부가 울면서 내 앞으로 기어 왔다. 구슬픈 곡소리가 막사 전체에 가득 찼다.

"그래. 본좌이니라."

그렇게 말한 후, 맘루크 대장을 걷어찼다.

"커억!"

놈의 쩍 벌려진 입에서 붉은 선혈이 흘러나왔다. 아혈이
풀린 것이다.

그러기 무섭게.

"침입이다! 침입이다!"

놈이 있는 힘껏 외쳐댔다.

그 어떤 음성도 막사 밖으로 빠져나가지 못한다는 것을
알 리가 없던 놈은 몇 번이고 죽을힘을 다해 외쳤다. 하지
만 누구도 막사 안으로 들어오지 않았다.

이윽고 놈은 이상하다는 것을 눈치챘다.

"살라딘님의 말씀대로군. 붉은 사막의 왕이 왔어."

놈이 그렇게 중얼거린 후 나를 향해 물었다.

"이교도들의 왕이라더니……. 내게 무슨 짓을 한 것이
냐?"

놈의 외침을 무시하고 여성 교도들 쪽으로 고개를 돌렸
다.

"그간 본교의 교도들을 범해 왔을 뿐만 아니라, 오늘은
너희들을 범하려 했던 자이다. 원한다면 너희들이 죽여도

좋다."

밖에는 아무런 소리도 나가지 않으니 밖을 염려하지 않아도 좋다는 말도 빠트리지 않았다.

그러자 유유비라고 자신을 소개했던 교도가 거침없이 일어나 내 옆을 지나쳤다.

그녀는 탁상에 꽂혀 있던 단검을 빼어 들었다. 그리고는 조금의 망설임도 없이 맘루크 대장의 목에 단검을 찔러 넣었다.

맘루크 대장이 뭐라 말할 틈도 없이 빠르게 일어난 일이었다.

그녀가 얼굴에 튀긴 피를 소매로 쓰윽 닦으면서 허리를 세웠다.

"믿고 있었사옵니다."

그녀가 신념이 가득한 얼굴로 말했다.

한 치의 의심도 없었다는 듯이 말이다.

하지만 너무 늦었다.

그러는 동안 흑웅혈마가 바그다드에서 죽었다 하고, 교도들 또한 이 노역장에서 죽고 범해지고 있었다.

비단 바그다드와 노역장뿐만일까. 오랜 기간 동안 교도들이 헤맸던 이 이역(異域)땅은 교도들에게 지옥이었을 것이다. 그들이 흘렸을 눈물은 모래밭 아래 강줄기를 이르고 있었을 터.

조금만 더 빠르게 움직였더라면…….

이 신념 깊은 여성 교도의 눈을 똑바로 쳐다볼 자격이 없다고 느꼈다.

"하교가 감히 교주님께 한 말씀 올려도 되겠사옵니까?"

그녀의 그 말에 다른 여성 교도들이 놀라서 그녀를 쳐다 봤다.

일반 교도가 교주의 하문 없이 먼저 직언(直言)을 한다 는 것은 절대 있을 수 없는 일이기 때문이다.

본교가 패망하고 이역만리까지 쫓겨 왔음에도 불구하 고, 일반 교도들의 머릿속에는 나는 아직도 절대자로 남아 있었던 모양이다.

원망이라도 할 법한데.

"교주님께서 이리 살아 계시니 본교의 홍복이옵니다. 하 온데 어찌 그런 얼굴을 하시옵니까. 혹 하교들 때문이옵니 까?"

그녀는 꿋꿋하게 말했다.

그 모습은 마치 예전의 설아를 보는 듯했다.

그래서였을까.

"너희들에게 참으로 미안하구나. 본 교주가 없는 사이 너무 많은 사람들을 잃었어. 하지만 이제 본좌가 너희들을 구할 것이다. 그간 고생이 많았다."

그렇게 말하는데 가슴 깊은 곳에서 뭔가 울컥하고 치밀어 올랐다.

그간 억눌러왔던 감정을 더 이상 참기 힘들었다. 교도 앞에서 이런 모습을 보여선 안 된다는 것을 알면서도, 한번 봇물처럼 터진 감정에 육신이 통제되지 않았다.

눈시울이 뜨거워져서 금방이라도 눈물을 흘릴 것만 같았다.

그간 무던히도 참아왔다.

흑웅혈마가 죽었다는 것을 알게 되었을 때에는, 일부러 그의 죽음을 기억 저편에 접어두고 다시는 꺼내지 않았다. 교도들이 노역장에서 핍박받고 있는 모습을 봤을 때에도 안간힘을 다해 참았다.

하지만 더 이상은 무리다. 분노보다도 회한이 더 컸다.

하필이면 왜 지금 설아가 생각나는 것이지.

"교주님."

짧지만 단호한 목소리 하나가 내 앞에서 터졌다. 고개를 들자 흔들리고 있는 눈동자가 보였다.

그녀는 차마 입 밖으로 꺼내지 못하고 있지만, 나는 그녀가 무엇을 말하고 싶은지 느낄 수 있었다.

어째서?

"설……. 설마 교주님께선 하교들을……. 구하러 오신 것이었사옵니까?"

주르륵.

눈물 한줄기가 그녀의 뺨을 타고 흘러내렸다.

"어찌 여기로 오셨습니까. 하오면……."

다른 쪽 눈에서도 눈물이 흐른다. 하지만 부릅떠진 눈은 똑바로 나를 쳐다보고 있었다.

"파달(巴達:바그다드)로는 가시지 않으셨던 것이옵니까?"

그러면서 그녀는 목에 단검이 박힌 채 죽어 있는 맘루크 대장 쪽으로 시선을 돌렸다.

"하교들은 교주님께서 본교를 업신여긴 색목인들의 간악한 황제를 저리 만드실 거라……. 그 소식만을 기다리고 있었사옵니다. 죽어서도 원귀가 되어 기다렸을 것이옵니다."

"본좌에겐 교도들의 목숨이 우선이다."

"어찌 그런 말씀을! 하교들이 기다리고 있었던 것이 무엇인지 정녕 모르셨단 말씀이시옵니까. 어찌……. 어찌!"

그녀의 신형이 무너져 내렸다.

바닥에 주저앉은 그녀가 망연자실한 얼굴로 나를 올려다보던 그때, 곁에 있던 다른 여성 교도들이 기어와 넙죽 엎드려 말했다.

"유유비를 살려 주시옵소서. 무례를 범하고 있으나, 누구보다도 충성스런 아이옵니다."

"부디 대해(大海)와 같은 자비를 베푸시옵소서."

아…….

흐릿해진 시야 안으로 그 목소리들이 아련하게 들려왔다.

말문이 막혀 버렸다.

그리고 깨달았다.

교도들의 신념과 나의 가치관이 부합(附合)되는 것이라 단순히 치부하기에는 내가 놓치고 있었던 것이 너무나 크다는 것을 말이다.

고통스런 나날 속에서 그네들이 버틸 수 있었던 이유는 그네들을 구하러 올 교주 때문이 아니라, 그네들과 본교를 업신여긴 이들을 단죄할 교주가 있기 때문이었다.

나는 그 점을 놓쳤다.

처음부터 내 행보는 모든 게 어긋나 있었던 것이다.

"살려 주시옵소서."

아직도 여성 교도들은 내게 빌고 있었고, 그녀는 나라를 잃은 듯한 얼굴이었다.

"유유비."

그녀의 이름을 나지막하게 불렀다.

"일어나거라. 본 교주가 너에게 느낀 것이 많았다."

그녀는 힘없이 자리에서 일어났다.

"무공을 익히지 않았군?"

"예."

"그래도 칼을 든 색목인들과 싸울 수 있겠느냐?"

"……."

맘루크 보병으로 역용해 현장에서 일부러 소란을 일으켰을 때에는 본래 세웠던 계획이 있었다. 하지만 이제 필요 없어졌다.

자하라가 했던 말 또한 부질없어졌다.

"듣거라. 이 막사에서 나가는 순간부터 모조리 쓸어버릴 것이다. 본교와 너희들을 업신여긴 이들을 모조리 도륙할 것이다. 전부 죽여 시산혈해(屍山血海)를 만들 터."

그녀의 눈이 비로소 나를 똑바로 쳐다보기 시작했다.

"본 교주가 약조하마. 너와 네 가족을 죽이는 자, 본 교주가 죽일 것이다. 너와 네 가족을 저주하는 자. 본 교주가 죽일 것이다. 본좌와 함께 싸우겠느냐?"

"존……. 존명(尊命)!"

유운비의 외침 뒤로.

"혈마는 위대하시다!"

"혈마는 위대하시다!"

여성 교도들의 울음 그친 목소리들이 뒤따랐다.

*　　　*　　　*

교도들에게는 목숨보다도 존엄(尊嚴)한 가치가 있었다.

화악!

막사 휘장을 걷으며 밖으로 나왔다.

휘장 밖 좌우로 서 있던 맘루크 보병 둘이 나를 보고 잠깐 황당한 표정을 지었다.

놈들의 표정이 일그러지던 그때, 내 쌍장(雙掌)이 놈들의 가슴을 때렸다.

공격이 적중한 순간 더 이상 시선을 주지 않고 묵묵히 걸었다. 아마도 그 두 놈은 통제를 잃은 기차에 치인 것마냥 산산조각 났을 게 분명했다.

거기에서부터 튀긴 피가 세 보 앞까지 혈흔을 뿌렸다.

이쪽을 발견한 맘루크 보병 다섯이 잡아라, 그런 말도 없이 뛰어왔다.

하지만 놈들의 험상궂은 얼굴과는 달리, 놈들의 최후는 너무도 가벼웠다. 튕긴 탄지 하나가 다섯 개로 잘게 쪼개져 정확히 놈들의 이마를 뚫고 지나간 것이다.

막사 주변에는 보병들이 그리 많지 않았다. 눈에 들어온 족족 이십여 명쯤을 처리한 뒤에는 더 이상 덤벼드는 것 없이, 조용한 모래바람만 횡하니 막사 주변을 감돌뿐이었다.

그러던 어디선가 경보종이 울리기 시작했다. 하나가 둘이 되고 둘이 넷이 되어 사방에서 데엥데엥하는 소리가 그치지 않았다.

지면을 밟아 허공으로 치솟아 올랐다.

맘루크 보병 대부분이 황무지에 간이로 만들어 놓은 연병장에서 훈련을 받고 있었던 모양이다.

대략 2천쯤 되는 무리가 막사와 막사 사이로 이어지는 통로들로 빠르게 뻗어 나갔다. 그 모습은 마치 거미줄처럼 뻗은 수도 파이프들 안으로 한 번에 물이 공급되기 시작하는 꼴과 닮아 있었다.

많은 인원이 빠르게 움직인다. 보병들이 순간 피어오른 모래 먼지를 뚫으며 진체 주위를 감싸기 시작했다.

뿐만 아니라 놈들 중에서도 강해 보이는 몇 개 분대가 내 쪽, 그러니까 놈들의 지휘관이 있던 중앙 막사로 달려오고 있었다.

보아하니 이쪽으로 오는 분대 보병들은 전부가 할라를 수련한 녀석들이었다. 중완과 성기 쪽의 할라를 수련한 이

검노들의 수는 얼핏 잡아 삼백여 명쯤 되었다.

무림 고수들이 경공술을 운용하듯, 놈들도 범인을 초월한 육체 능력으로 빠르게 움직였다. 그러던 중 놈들이 잎하나 없는 앙상한 고목 끝에 우두커니 서 있던 나를 발견했다.

놈들은 시선을 내게 고정한 채 원숭이처럼 막사와 막사를 건너뛰면서 내 밑까지 도달했다.

팔을 뻗었다.

중앙 막사 천장이 찢어지면서 인형(人形) 하나가 치솟아 올랐다.

그렇게 빠르게 날아와 내 손아귀에 움켜쥐어진 것은 맘루크 대장의 시신이었다. 수도로 시신의 목을 내리쳤다.

얼음이 깨지듯, 맘루크 대장의 얼굴이 몸에서 분리되어 지면으로 뚝 떨어졌다. 보병들의 시선은 놈들의 발밑에서 구르고 있는 맘루크 대장의 얼굴로 향했다.

역시 놈들은 노예들답게 못된 주인의 죽음을 슬퍼하지 않았다. 그러나 단 한 명의 이교도가 본진 중앙에서 지휘관을 죽였다는 사실은, 놈들에게 충격적일 수밖에 없었을 것이다.

"저 이교도를 죽이는 자에겐 자유와 금을 주겠……."

분대장급으로 보이는 녀석이 정신을 차리며 칼로 나를

가리켰다.

그러나 이번에도 놈은 말을 전부 끝내지 못했다.

끌어올린 공력이 붉게 화하여 내 양 주먹을 감싸 돌았다.

슈욱.

거기에서 쏘아 보낸 권기가 놈의 가슴을 뚫고 지나간 것이다.

가슴에 큼지막한 구멍이 뚫린 채 바닥으로 풀썩 쓰러진 놈의 모습을 끝으로, 맘루크 보병들이 일제히 뛰어올랐다.

조금 빨랐던 녀석도 있고 한 박자 늦게 뛰어오른 녀석도 있었지만 한 명도 빠짐없이 몸을 띄웠다. 삼백여 명의 흉흉한 눈빛이 나를 좇으며 밑에서부터 쫓아 들어왔다.

휘익.

나도 그 무리 속으로 뛰어내렸다.

잘 훈련되었고 수련 또한 높았다.

그래서 놈들은 칼날로 가득한 공간을 만들어 냈다.

표정들도 하나같이 미친 도살자와 닮아 있었다. 나를 갈기갈기 찢어 놓을 거란 눈빛들이 사방에서 번쩍였다.

그러던 그때, 십성 공력이 담긴 열풍(熱風)이 내 몸을 중심으로 터져 나갔다.

파앙!

나를 노렸던, 그리고 노렸을 놈들의 칼들이 주인의 손을 떠나 멀리 튕겨 날아갔다. 그다음부터는 내 세상이었다.

가리지 않고 때렸다.

주먹이 내질러질 때마다 허공에 붉은 호선(弧線)과 직선(直線)을 남겼다.

한줄기 호선에 열 명이 나가떨어졌고, 한줄기 직선에 다섯 명이 죽었다. 그게 시작이었다.

잠시 뒤.

내가 공격을 멈췄을 때에는 붉은 호선과 직선들이 미로처럼 서로 뒤엉켜 있었다. 한 번의 날숨에 그것들이 흩어지면서. 바닥에 쓰러져 있는 놈들의 모습이 드러났다.

서 있는 자는 단 한 명도 없었다. 숨 쉬는 자도 없었다.

온전히 죽은 자도 없었다.

형체를 알아볼 수 없게 얼굴이 짓뭉개지고 팔과 다리를 잃은 시신들만 가득했다. 내 양 주먹은 조그마한 틈도 없이 전부 피가 묻어있었다.

손가락 사이사이마다 뒤엉킨 핏물들이 지면으로 뚝뚝 떨어져 내렸다.

"후우……."

공력을 갈무리하면서 몇 발자국 더 걸어 나갔다.

곧바로.

막사들 뒤에서 또 다른 맘루크 보병들이 떼를 지으며 나타났다.

앞쪽. 뒤쪽.

양옆의 갈라진 통로에서도 끊임없이 밀려 나왔다. 그러나 중앙 막사 앞에 널브러진 시신들 때문일까, 나와 일정 거리를 둔 채 멈춰들 섰다.

악명이 자자한 맘루크들이라 해도 이런 광경을 본 적이 없었던지 나를 바라보는 녀석들의 얼굴이 경악으로 물들었다.

그러든지 말든지 내 목적은 단 하나.

그동안 교도들을 핍박해온 자들과 우리 뒤를 쫓아올 자들.

그것들을 섬멸(殲滅)하는 것뿐.

본교의 대행혈단(大行血團)이 중원에서 그러했다.

중원인이 본교의 교도를 죽이면, 본교의 대행혈단이 가서 그 중원인과 중원인이 속했던 문파를 모조리 박살 냈다. 대행혈단이 가고 나면 살아 있는 게 없었다.

그래서 중원인들은 그 잔혹함에 본교를 마두(魔頭)들이라 손가락질하면서도 먼저 건드는 적이 거의 없었다.

이제 이슬람 제국의 만인과 칼리프가 그것을 배워야 할 차례다.

단전에서부터 온몸으로 퍼져 나가는 위대한 에너지.

"**الموت فقط**(죽음만 있을 뿐)!"

놈들을 향해 노성(怒聲)을 터트렸다.

십일성 공력이 담긴 사자후가 사방으로 쩌렁쩌렁하게 울렸다.

쩍쩍 갈라지기 시작한 지면을 밟아 뛰었다. 수백 개의 고개가 나를 따라 들려졌다. 그것이 놈들의 마지막이다.

허공으로 높게 치솟아 오른 나는 지면으로 강기(剛氣)를 터트렸다.

쾅!

한 번의 주먹질에 열대여섯 명이 사방으로 튕겨 날아갔다.

피에 굶주린 승냥이마냥 이리저리 뛰어다니면 일격일살 하는 것보다는, 폭탄과 같은 화력이 깃든 강기가 다수의 적을 상대하기에 알맞다. 비록 공력의 소모가 클지라도.

쉴 새 없이 주먹을 휘둘렀다.

쾅!

콰아앙!

쾅! 콰아아아!

후퇴를 모르는 맘루크 보병들이 혼비백산(魂飛魄散)해 서, 아무렇게나 도망치는 광경이 사방에서 보였다.

강기가 터지는 곳에는 어김없이 주인 잃은 사지들이 날아다녔다.

나를 무정하다 하지 마라.

여기는 전장(戰場)이다.

＊　　　＊　　　＊

온몸에 맘루크 보병들의 피를 뒤집어쓴 채 본진에서 나왔을 때에는, 지평선 너머까지 펼쳐있었던 공사 현장이 중단된 상태였다.

데엥! 데에에엥!

경보종 소리가 더 시끄럽게 울려댄다.

감독관들이 교도들을 어디론가로 인솔하며, 여전히 짐승 다루듯 교도들에게 채찍질과 함께 고함을 질러대고 있었다.

그러한 광경이 수를 헤아릴 수 없을 정도로 많이 어디서나 보였다.

끓어오른 열기가 손가락 끝으로 발출됐다. 쏘아진 불은 점들이 호선을 그리며 감독관들의 목과 이마 혹은 가슴을 뚫고 지나갔다.

너무나 빠르게 또 갑자기 일어난 일이었다.

교도들의 시선이 갑자기 죽은 감독관들의 시신에서 허공의 붉은 궤적을 따라 천천히 올라왔다.

　모두의 걸음이 멈췄다.

　나를 올려다본 고개들은 그 상태에서 움직이지 않았다.

　시선에 들어온 수만의 사람 모두가 전부 그랬다. 그래서 일대는 감독관들을 제외하고는 시간이 멈춘 듯 보였다.

　"감히 본교의 교도들을 핍박하고도 무사할 줄 알았느냐!"

　우레와 같은 소리가 내 입술 사이로 터져 나왔다.

　그 소리는 마치 메아리처럼 몇 번이고 반복되면서, 지평선 끝자락까지 퍼져 나가기 시작했다.

　수만의 시선이 오로지 한 곳만으로 집중되었다.

　"맘루크!"

　"맘루크으으으!"

　"붉, 붉은 사막의 왕……."

　"침입이다! 맘루크를 불러와!"

　"맘루크!"

　당황한 감독관들이 고래고래 소리를 질러댔다. 그러나 이미 죽은 자들을 애타게 불러 보아야 소용없는 일이었다.

　점(點)으로 보일 만큼 멀리 있던 교도들이 나를 향해 오기 시작했다.

밀물처럼 천천히 모여드는 거대한 움직임!

그런 교도들의 등을 향했던 감독관들의 채찍질도 어느 순간부터는 멎었다.

"천유양월."

어린 소녀가 있는 힘을 짜내 외친 목소리가 시작이 되어, 마치 타이머를 설정해 놓았듯 수만 명의 교도들이 동시에 무릎을 꿇어 꿇었다.

"천세만세."

피어오른 흙먼지가 하늘을 뒤덮고.

"지유본교."

더러운 노파의 얼굴에 흐르는 눈물을.

"천유본교."

상처로 가득한 손자의 손바닥으로 쓸어내리며.

"독보염혈."

등 굽은 노인이 이마에 땅을 찧고.

"군림천하."

손녀가 산발된 머리로 똑같이 따라 하며.

"지상지하."

아낙이 울부짖고.

"광명본교."

흙먼지가 내려앉아.

"교주님을 뵈옵니다!"

한데 모인 수만 명의 목소리가 대지를 울린다.

허공을 밟으며 지면으로 내려섰다.

감독관들을 찾는 건 무척이나 손쉬운 일이었다.

무릎 꿇지 않고 서 있는 자는 전부 감독관들이었으니까.

햇빛을 가릴 하얀색 로브를 입고 한 손에는 피 묻은 채찍을 들고 있는 자들, 그자들을 하나하나 눈에 담으며 몸을 날렸다.

내가 스치고 지나가면 어김없이 놈들의 목이 주인을 잃고 바닥으로 떨어지거나, 안으로부터 터진 공력에 사지가 뜯겨져 나갔다.

"한 놈도 놓치지 마라! 교례는 그다음이다!"

하늘을 울리는 내 사자후(獅子吼)가 복수의 시작을 알렸다.

교도들이 몸을 일으켰다.

그네들의 한 손에는 운하를 파라고 억지로 쥐여 줬던 쟁기가 들려 있었다.

스윽.

내 수도가 감독관의 목을 가르고 지나갔다.

제8장

하르마탄
(hamattan:모래폭풍)

　사막 기병대의 공격은 투창을 던지는 것으로 시작된다.

　기병들은 먼 거리에서도 목표물을 정확히 꿰뚫을 수 있도록 훈련되었을 뿐만 아니라, 정예급 병사들 같은 경우엔 할라를 수련해서 투창에 대력(大力)까지 담을 수 있었다.

　각 기병마다 네 개의 투창들을 말에 장비해 두었다.

　패퇴하는 적들의 심장을 꿰뚫을 최후의 투창만을 남기고선, 빠른 기동력으로 적을 포위하듯 돌면서 모두 던진다.

　그리고 나면 적은 이미 병력을 잃은 뒤다.

그때 일반적인 시미타보다 길이가 긴 곡도를 꺼내 들어 적을 향해 전속력으로 말을 몬다. 사막 기병대가 적진을 가로지르며 통과해 지나가는데, 그들이 지나간 자리에는 떨어진 적들의 목이 굴러다니게 된다.

그런 식의 빠른 기동력을 이용해서 적진을 몇 번 흔들어 놓는다.

마지막으로 도망치는 적들의 등을 향해 남겨두었던 투창을 던지면서 추격하는 것이, 일반적인 사막 기병대의 전술이다.

이번에도 마찬가지였다.

황무지에서 대열해 있던 사막 기병대는 나를 보자마자 투창을 던지며 주위를 맴돌았다.

사막 기병대는 단 한 명을 상대하면서도 큰 적을 맞이한 듯, 전술대로 움직였다. 이천에 육박하는 사막 기병들이 그간 훈련받고, 또 싸워왔던 대로 쉴 새 없이 투창을 던졌다.

개중에는 아찔할 만큼 위협적이었던 것도 있었다.

그러나 그네들이 소지한 투창은 무한정이 아니었다.

결국 긴 곡도를 꺼내 든 사막 기병대는 정면으로 나와 마주칠 수밖에 없었다.

사막 기병대가 쐐기형 진형으로 돌격해왔다.

흙먼지를 일으키며 기다랗게 이어진 군마가 떼를 지고 몰려오는 그 모습은 마치······.

수천 개의 독니를 가진 거대한 뱀이 사냥감을 향해 날아드는 꼴과 같았다.

＊　　　＊　　　＊

결과만 두고 말하자면 거대했던 뱀은 머리가 잘리고 몸은 수십 조각으로 잘라졌다. 유일하게 살아남은 꼬리 부분만이 방향을 선회해 도망치려 했지만, 그마저도 성공하지 못했다. 사막 기병대 이천여 명 중 살아서 도망친 자는 손에 꼽을 정도였다.

그러나 나 역시 승리의 상처가 작지 않았다.

어깨에 치명상이라고 해도 좋을 깊은 상처 하나를 얻었다.

잘 훈련된 기병대를 탁 트인 넓은 공간에서 정면으로 상대한다는 것은 이게 문제다. 그네들이 탄 말은 그네들을 경공의 고수만큼 빠르게 만들고, 외공의 고수만큼 강한 힘을 부여한다.

더욱이 직전에 싸웠던 사막 기병대 이천 중에는 할라를 수련했던 이들이 끼어 있었다.

흙먼지와 함께 미친 듯이 몰아쳐 오는 칼날 속에는 예기를 머금은 살수(殺手)가 하나씩 꼭 숨겨져 있었다.

쫘악.

나는 황무지 위에 널브러진 기병들을 훑어보면서 로브 소매를 찢었다.

사실 사막 기병대와 싸우기 전부터 이미 피에 젖지 않은 부분이 없었다. 그럼에도 불구하고 로브로 어깨를 동여맨 것은 상처를 압박해서 지혈을 하기 위함이었다.

교도들이 집합해 있는 운하로 이동했다.

내가 모습을 드러내기 무섭게 "혈마는 위대하시다."라는 단합된 외침이 사방에 쩌렁쩌렁 울렸다.

내가 핏물이 뚝뚝 떨어지는 머리카락을 뒤로 쓸어 넘기고 있을 때, 젊은 여성 교도 몇이 무리를 지어 앞으로 다가왔다.

유유비를 비롯한 네 명 외에도 낯이 익은 얼굴이 끼어 있었다.

처음에는 곧바로 알아보지 못했는데, 자세히 보니 바로 그녀였다.

"내당주(內黨主) 냉상아."

"내당주 냉상아. 교주님을 뵈옵니다."

내가 고개를 끄덕이자 내당주는 데리고 왔던 여성 교도

들에게 눈빛을 보냈다.

보아하니 가장 깨끗한 외관을 갖추고 있던 유유비를 비롯한 네 명이 내당주의 눈에 띄었던 것 같았다.

여성 교도들이 짊어지고 왔던 물통을 바닥에 내려놓았다. 천들을 적셔 내 얼굴과 드러난 피부들을 닦아냈다.

깨끗했던 물통 속의 물들도 금세 뻘겋게 변했다.

"용케도 살아 있었군."

본교에 있을 때 그녀는 항상 화사한 꽃과 같았다.

그 어느 여인보다 아름답게 치장하고 다녔다. 그래서 교도들은 그녀를 살아있는 꽃이라 하여 생화(生花)라고 부르기도 했었다.

하지만 내 앞의 그녀는 금방 못 알아볼 정도로 많이 달라져 있었다.

더러운 것이야 어쩔 수 없다 쳐도 볼살이 쏙 들어가고 눈 주위가 움푹 꺼진 것이, 못생기게 닮은 사람이라 해도 믿을 판이었다.

"상처는 어떠십니까. 교주님."

내당주의 시선이 내 오른 어깨로 옮겨졌다. 내 피부를 직접 닦고 있으면서도 평교도들과는 달리 한눈에 눈치챈 것이다.

"맘루크 보병대, 사막 기병대 전부의 목숨과 바꾼 것치고는 별것 아니지 않은가."

"제게 보여 주시겠습니까."

"본좌보다 의술이 뛰어난 자가 본교에 있을까. 신경 쓰지 마라. 며칠 조심하면 그만일 뿐."

"감춰둔 약재들이 있습니다."

"그런가. 후에 무엇이 필요한지 일러주지. 하면 그동안 교도들은 네가 이끌어 왔던 것이냐? 보아하니 여기에 거마는 네가 유일한 것 같은데."

"예. 파달에서부터 지금까지, 하교가 맡고 있었습니다."

"파달에서부터라. 다른 거마들은 모두 파달에서 죽었고?"

그렇게 묻는 동안에도 유유비와 여성 교도들은 내 몸은 핏물들을 계속 닦아내고 있었다.

"그것은 모르옵니다. 하교가 아는 것이라곤 이 장로님과 저를 제외한 거마 모두가 파달의 감옥에 끌려간 것이 전부입니다."

나는 묵묵히 고개를 끄덕였다.

"전부……. 죽었습니까?"

"본좌가 모두의 복수를 할 것이다."

그것으로 대답을 대신했다.

"너는 왜 끌려가지 않았느냐? 저들이 너를 이장로 대리로 세웠던 모양이지?"

"예. 하교가 거마들 중에서 무공이 가장 낮은데다가 여인이지 않습니까. 하교는 저들이 왜 하교를 살려 두었는지 알고 있었습니다."

"교도들을 배신한 적이 있느냐?"

"있었다면 감히 이렇게, 교주님 앞에 설 수 있었겠습니까."

"혈마군은 중원 남쪽으로 패퇴해 소식을 알 수 없고, 삼장로 색목도왕은 삼황파에 감금되어 있으며, 사귀사마 팔단의 단주들 또한 뿔뿔이 흩어졌고, 흑웅혈마와 함께 서역으로 떠났던 거마들은 모두 파달에서 죽었다."

"예."

"본교는 풍전등화(風前燈火)이니라. 이제 본좌의 옆에 있고 유일하게 남은 거마는 내당주 냉상아, 너뿐이다. 앞으로 네 책임이 더욱 막중할 터, 본 교주가 틈틈이 본교의 비전을 전수해 주겠다."

내당주가 힘 있게 포권하며 한쪽 무릎을 굽혔다.

"천세만세 지유……."

"그만. 여기에 몇이나 있느냐?"

"칠 일 전에 확인하였을 때에는 팔만여 명이 조금 넘었습니다."

흑웅혈마는 십시 주민들을 데리고 서역으로 떠났을 때 그 수는 무려 십만에 가까웠다. 그런데 이제 팔만이라고 하니, 그동안 약 이만여 명이 생을 마감한 것이었다.

"본산을 되찾아 죽은 교도들을 위령(慰靈)하고 명복을 빌어 줄 것이다."

"존명."

"하지만 그간 본교의 교도들을 핍박하여 수만의 목숨을 앗아간 놈이 있다. 이 제국의 황제, 칼리프! 놈을 가만히 두어선 아니 될 것이다. 그놈의 목을 가지고 본산으로 간다."

"교주님께서 그리하실 것입니다."

"교도들은 어떻게 이끌고 있었지?"

"색목인들은 교도들을 출신 도시별로 나누어 열 명의 수장을 뽑았고, 그 아래로 또 열 명의 부장을 두어 왔습니다."

"그리고 네가 십만 교도의 총수(總帥)역을 맡고 있었고."

"예."

"먼 길을 가야 한다. 그리고 수없이 많은 싸움이 있을 것이다. 통제가 원활해야 할 터. 지금 이대로가 괜찮다고 보느냐?"

"수장과 부장으로 뽑힌 자 중에는 배교(背敎)하여 색목인들의 수족이 된 자도 있었습니다. 하지만 그 수가 극히 적고 대다수의 수장과 부장들은 여전히 충실한 교도이옵니다."

"지금 이 체제에 익숙해진 모양이군. 배교도는 처형하고, 무공을 익힌 이들을 한데 모아 근위대를 조직하거라."

"예."

"그리고 죽은 적병과 주둔지에게 취할 수 있는 것들을 전부 취하거라. 병기. 식량. 의복. 말! 본좌에게 청할 말이 있는가?"

"상태가 위급한 교도들이 적지 않습니다. 그동안은 가능치 않았으나, 이제는 교도들이 색목인들의 눈을 피해 감추고 있었던 물자들을 한데 모아 필요한 이들에게 분배하고자 합니다."

"그 일은 잠시 미뤄 두거라. 남쪽에 수에즈라는 큰 도시가 있다. 해가 지기 전에 그 도시를 점거한다면, 오늘 밤 우리는 그곳에서 교도들을 살피고 물자를 확보할 수 있을 것이다. 해가 지기 전까지 도착하고자 하니, 내당주는 속히 서두르거라."

"존명!"

힘 있게 대답하는 내당주 얼굴 전체로 생기가 번질거렸다.

아참!

"잠깐. 내당주는 색목인들의 말에 능통한가?"

"예."

당연하겠지.

"잘 됐군. 남쪽 도시에 도착하면 네가 할 일이 있을 것이다."

*   *   *

돔이 씌워진 첨탑 두 개를 양옆에 두고 중앙에는 아치형의 거대한 성문이 자리하고 있다. 그런데 카라반 상인들을 위해 밤에도 열려 있어야 할 성문이 굳게 닫혀 있었다.

내 예상대로 수에즈에 남은 병사들은 성문을 닫고 농성에 들어간 것이다.

아닌 밤중에 갑자기.

공사 현장에 있어야 할 노예 수만 명이 운하를 따라 내려왔으니 엄청 놀랐겠지.

사막 기병대와 맘루크 보병대가 어디에서 왔을지 뻔했

276 마검왕

다. 성벽에 오른 이슬람 궁병의 수만 봐도 도시에 남은 병사가 별로 없다는 것을 짐작할 수 있었다.

"الاستسلام (항복하면)!"

내당주 냉상아의 목소리가 하늘을 찔러 들어갔다.

"어느 누구도 죽지 않을 것이다! 죽음을 원치 않는 자는 언제든 무기를 버려라! 그러면 살 것이다!"

내당주는 이 땅의 말로 크게 외친 후 내 곁으로 돌아왔다.

나는 뒤쪽으로 몸을 돌렸다.

순간, 승냥이와 같은 섬뜩한 눈빛들이 어둠 속에서 번쩍였다.

"콜록콜록."

노인 하나가 기침 소리와 함께 어둠 밖으로 나왔다. 그 노인은 사막 기병대가 쓰던 긴 곡도를 지팡이 대신 삼으며 땅을 짚었다.

허리가 굽고 이마에는 주름살이 가득하지만, 아직도 그네들의 단전에서는 수준급의 공력이 느껴지고 있었다.

"미천한 하교들이 교주님을 뵈옵니다. 본래는 총원 삼백이었사오나 백일흔다섯이 죽어, 현 총원 백스물다섯이옵니다."

이장로 흥웅혈마의 안배로 그간 무공을 숨기고 있었던

교도들로, 본산에서 은퇴하여 십시에 내려와 살고 있던 노고수들이었다.

"전지전능하신 교주님께서 다 늙어 쓸모없는 것들을 이리 불러주시니 감읍(感泣)할 따름이옵니다."

말은 그렇게 해도, 당장 본산에 올라온다 해도 손색이 없는 자들로만 모였다.

"내 뒤를 따르며 무기를 버리지 않는 것들은 모조리 베어 버리거라. 지금부터 너희들이 본교의 대행혈마단(大行血魔團)이다."

"존명"

노고수 백스물다섯이 일제히 포권했다. 그간 당해 온 수모를 하나하나 갚아 나가겠다는 열망들이 그들의 눈동자 속에서 꿈틀거렸다.

슈슈슛!

우리는 다 같이 저 높게 떠 있는 초승달을 향해 치솟았다.

*   *   *

성벽 위로 훌쩍 뛰어올랐다. 손을 휘이 저었다. 성벽 통로 틈틈이 놓인 병기틀에서 철창(鐵槍)이 날아왔다.

그 수는 대략 오십여 개.

내 눈짓을 따라 철창들이 이슬람 궁병들을 향해 뻗어 나갔다.

"악!"

더욱이 공력까지 깃든 그것들은 궁병의 몸을 관통해 뒤에 있던 병사들의 몸까지 꿰뚫었다. 시야에 있던 모든 이슬람 궁병들이 마치 전원 스위치를 꺼진 듯 동시에 쓰러졌다.

한편 멀리서 비명 소리가 들려왔다. 노고수 125인이 성벽 통로를 내달리며 보이는 대로 이슬람 궁병들을 베고 있었다.

도시 안으로 성벽에서 뛰어내렸다. 훌쩍 몸을 날려 착지한 곳은, 급한 대로 모여든 이슬람 보병들의 머리 위였다.

쿵!

큰 소리와 함께 그네들이 사방으로 튕겨져 날아가는 광경과 함께 내 손가락 끝에서 쏟아지기 시작한 탄지들이 그네들을 뒤쫓았다.

말을 타고 있지 않을 뿐만 아니라, 할라를 수련하지 않은 평범한 병사들은 아무리 몰려들어도 나를 당해낼 수가 없다.

지면에서 살짝 튀어 오르자 내가 떠오른 자리로 화살 여러 개가 박혔다. 화살이 날아온 방향으로 고개를 돌렸다. 높은 첨탑의 창 안으로 화살을 장전하는 궁병들이 보였다.

꽤 먼 곳에서 정확히 화살을 날린 그네들의 솜씨는 뛰어나지만, 벌써 노고수들이 첨탑 위를 거미처럼 기어오르고 있었다.

"아아아악!"

이슬람 궁병 하나가 첨탑 창밖으로 비명을 지르며 추락했다.

만월(滿月)을 깎아 씌워놓은 듯한 커다란 돔 지붕이 시선에 들어왔다. 그 궁전 앞쪽에는 첨탑 3개로 에워싸인 마스지드도 위치해 있었다.

그쪽을 목표로 잡고 뛰었다.

수에즈 시내는 상당히 복잡했다. 화려한 마스지드와 수에즈 궁전과는 다르게 토벽(土壁)으로 세워진 허름한 가옥들이 미로처럼 얽혀 있었기 때문이었다.

그런데 수에즈 시민들은 아직도 사태의 심각성을 느끼지 못하고 있었던 것 같았다. 문과 창을 걸어 잠가도 시원치 않을 판국에 마치 아무 일도 없다는 듯 그네들의 삶을 영위하고 있었다.

주점으로 보이는 곳에서는 술판이 벌어져 있었으며, 여인들은 가축에게 물을 먹이고 있었고, 아이들은 좁은 통로들 사이로 뛰어놀고 있었다.

나와 딱 마주친 중년인이 바짝 굳어 버린 그때, 뒤늦은 종소리가 먼 곳에서부터 데엥데엥하고 울려대기 시작했다.

중년인이 등을 돌리던 그 순간, 옆쪽 통로에서 쏜살같이 나온 노고수 하나가 긴 곡도를 비스듬히 휘둘렀다.

쏴아앗!

노고수가 허공에 그린 호선 그대로 중년인의 몸이 두 동강 났다.

거기에서 터져 나온 핏물이 노고수를 와락 덮쳤다. 핏물로 범벅이 된 얼굴 위로 보이는 것이라곤 노고수의 분노한 광망(光芒)뿐이다.

쉭쉭.

나머지 노고수들도 좁은 통로들 사이사이에서 나타나 내게 포권했다. 다들 온몸에 피를 잔뜩 묻힌 채였다.

"궁전으로는 내가 갈 것이다. 너희들은 도시 내부의 잔당들을 모조리 섬멸한 뒤 합류하거라."

"존명!"

잠시 뒤, 마스지드로 가는 길목 앞에서 한 무리의 병사들과 마주쳤다.

속도를 늦추지 않았다. 들소처럼 뛰었다.

앞에서 쏟아진 화살들이 시야를 가득 채우며 날아왔다.

휘휘.

몇 번의 손짓에 화살들은 기풍에 쓸려 어디론가 처박히고, 반월처럼 형상된 수도의 강기가 여섯 개로 나누어져 진형을 관통하고 지나갔다.

타탓.

시신을 뛰어넘었다.

좁은 통로에서 빠져나오자 마스지드로 통하는 일직선의 큰 도로가 펼쳐졌다.

마스지드의 첨탑 앞에 노란 호박이 중앙에 박힌 흰색 터번을 쓴 무리들이 흉흉한 기세로 나를 기다리고 있었다.

중완의 할라, 그러니까 신의 칼을 수련한 마스지드의 전사들이다.

"너희 따위가 나를 막을 수 있을 것 같으냐! 무트타르도 하지 못한 것을!"

십일성 공력이 담긴 권기가 주먹 끝에서 폭발했다. 붉은 기운이 적룡(赤龍)이 승천(昇天)하듯, 유려한 곡선을 그리며 그것들의 중앙을 덮쳤다.

콰앙!

가히 지진이라도 해도 좋을 지면의 진동과 함께 거대한 폭발이 일었다.

하늘 높은 줄 모르고 치솟아 있던 첨탑이 와르르 무너 졌다.

용케도 살아있던 셋이 흙먼지를 뚫으며 내게 달려왔다.

그러나 그네들은 이미 죽은 것이나 다를 바 없는 상태 였다. 그네들을 움직이고 있는 곳은 오로지 정신력뿐이었 다.

나 역시 그네들을 향해 몸을 던졌다.

전장에서는 양보 따윈 없다. 그네들의 마지막 일격이 펼치기 전, 나는 그네들의 얼굴과 가슴을 무차별적으로 가격했다.

스치고 지나가는 눈 깜짝할 사이에 내 주먹은 정확히 열여섯 번씩을 때리고 지나갔으니, 그네들이 내 뒤에서 고꾸라 넘어졌을 때에는 곤죽과 다를 바 없이 변해 있었 다.

무너진 첨탑의 잔재들을 지나쳐 마스지드 정원으로 들 어섰다.

예배당으로 들어가는 길 초입, 안마당에 설치된 분수 주위에도 나를 기다리고 있던 마스지드의 전사들이 있었다. 그 수는 첨탑 앞에서 나를 저지하려 했던 이들보다 훨씬 적은 스무 명 정도에 불과했다.

"비켜라."

짧게 뇌까리며 묵묵히 발걸음을 옮겼다.

그 순간, 그것들의 중완의 할라에서 활발한 원기의 움직임이 느껴졌다.

팽창된 신체 능력이 그것들을 원숭이처럼 날뛰게 만들 터.

실력이 나에 비해 하등하다 하여 선수 양보란 없다. 내가 먼저 선제공격을 했다.

찰나에 끌어올린 공력으로 속도를 끌어올려 그것들의 중심을 파고들었다. 그런 다음 눈에 들어오는 그것들의 목을 향해 수도로 긋고 찔렀다.

손끝으로 목뼈들이 툭툭 걸렸다. 손쉽게 부러지거나 절단된다.

한 호흡도 지나지 않은 시간에 더 이상 공격할 상대가 남아있지 않았다.

내가 한 걸음 더 내딛자.

파앙!

굳게 닫혀 있던 예배당 문이 유리처럼 부서졌다.

마스지드 안으로 들어온 건 이번이 처음이었다. 신을

섬기는 성스러운 곳이라는 것을 대변하듯, 천장의 돔 주위에 트여있는 구멍으로 달빛 광선이 신비롭게 내려오고 있었다.

마스지드의 성자는 형형색색의 타일들을 배경으로 삼은 단상 위에서 성지를 향해 절을 하고 있었다.

—너희들의 신에게 기도를 하는 것보단 칼을 드는 게 나을 텐데.

그가 비로소 내 쪽으로 몸을 돌렸다.

—이교도 주제에 신께서 이슬람에게 주신 선물을 익힌 것이냐. 신께서 모든 걸 보고 계시니, 그분의 분노가 있을 것이다. 이교도여. 자하남(Jahannam:지옥)의 영원한 불길이 너를 태울 것이니.

그의 의념이 전해왔다.

"크큭."

—신의 분노? 영원한 불길이라……. 겁화(劫火)가 무엇인지 내 친히 보여주마. 그간 본교의 교도들을 종으로 부린 너희들에게 이미 혈마의 분노가 떨어졌음이니라.

공력을 일으켰다.

곡도 하나가 부셔진 입구 쪽에서 쏜살같이 날아갔다. 십이양공의 열화가 담긴 그것에서는 붉은 기운이 활활 타오르는 화염처럼 일렁거리고 있었다.

"이익!"

마스지드의 성자가 펄쩍 뛰었다. 할라를 고도로 수련한 이답게 무척이나 신속한 몸놀림이었다.

동시에 그가 벽에 걸려 있던 시미타를 집어 들었다. 그러면서 그의 가슴을 노리고 날아드는 곡도를 향해 휘둘렀다.

그러나 시미타가 곡도를 튕겨 처내기는커녕, 곡도가 시미타를 그대로 뚫고 그의 가슴에 박혔다. 그는 외마디 비명을 터트리며 단상 위로 추락했다. 어느새 붉은 기운이 그를 집어삼킨 뒤였다.

그 모습을 끝으로 하고, 돔을 뚫어 천장 밖으로 나왔다.

천근추(千斤錘)의 수법에 공력을 담아 돔을 밟았다.

쿠웅!

태산이 무너지는 소리가 났다. 허공으로 치솟아 고개를 늘어트리자 마스지드의 천장 전체가 허물어지고 있는 광경이 시야에 들어왔다.

멀리선 성난 125개의 등 굽은 그림자가 사방에서 날뛰는 모습도 보였다. 뿐만 아니라 언제 열렸는지, 성문 쪽에서는 수만 명의 교도들이 도시 안으로 밀려들어 오고 있었다.

여기저기에서 아득한 비명 소리가 들려오는……

그런 복수의 밤이었다.

　　　　　*　　　*　　　*

"살려……. 살려 주시오."

─네가 수에즈의 아스케르인가?

내가 궁전에서 놈을 찾았을 때, 놈은 하렘(harem:궁전 혹은 집 안에서 부인들이 거처하는 은폐된 공간)에 숨어 있었다.

─살려 달라? 하나 묻지.

"무, 무엇이든."

제법 강단 있게 생긴 외모와는 불구하고 부인과 시비들 사이에 숨어 벌벌 떨며 말했다. 그것이 마음에 들지 않은 나는 손아귀를 펼쳐 앞으로 뻗었다.

쉬이익.

자석에 끌리는 것마냥 놈이 내 손아귀로 빨려 들어왔다.

놈을 내 발밑으로 깡통 버리듯 내팽개쳤다. 놈이 꿈틀거리며 상체를 일으켰다. 그리고는 내 앞에 무릎을 꿇고 고개를 조아렸다.

─감히 본교의 교도들을 노예로 부리고자 한 것은 칼리

프의 생각이었다. 거기에 네 술탄, 나샤마가 명령을 받아 운하 공사를 맡고 있었지. 그것을 네가 시행했고 마스지드가 허가했다.

"그, 그렇습니다. 저는 살라딘께서 시키는 대로 했을 뿐입니다."

─마스지드에 있는 것들은 모두 죽었다. 그리고 마스지드 또한 붕괴 되었지.

"붉은 사막의 왕께선 제발 진노를 가라앉히시어……."

─교도들이 내게 바라는 게 무엇이었던 것 같으냐?

"거기에 대답하면 되는 것입니까."

─대답하거라.

"이처럼 붉은 사막의 왕께서 구하러 오실 거라, 그걸 바라왔을 것이고 이교……. 아니. 동방에서 온 사람들은 이제……."

놈이 횡설수설하면서 주위를 힐끔힐끔 돌아보았다. 그러나 보이는 것이라곤 겁먹은 부인들과 죽은 경비병들뿐일 것이다.

─틀렸어.

"틀, 틀렸습니까."

─칼리프의 목을 바라더군. 죽어서도 원귀(寃鬼)가 되어 칼리프가 죽는 모습을 지켜보았을 거라면서 말이다. 내가

미처 교도들의 신념을 헤아리지 못한 것이었지.

"살려만 주시면 무엇이든……."

─살려 주지.

"예……. 옛?"

─살려 주겠다.

그렇게 의념을 보낸 후 밖이 보이는 창으로 자리를 옮겼다.

그곳에서 놈에게 가까이 오라는 손짓을 하였다. 놈이 후들거리면서 내 뒤로 도착했다. 놈이 창밖이 잘 보이도록 놈의 멱살을 잡아끌었다.

그리고는 밖을 가리켰다.

─무엇이 보이지?

"……."

─무엇이 보이냐고 물었다.

"오, 오고 있습니다."

교도 수만 명 전체가 꼬리에 꼬리를 이으며, 노고수 125인과 함께 궁전 안으로 들어오고 있었다. 아니나 다를까 벌써부터 시끄러운 소리가 점점 가까워지기 시작했다.

─살려 달라 하였느냐? 칼리프의 목 대신 네놈 목이라도 교도들에게 줄까 했지만, 그렇지 않기로 하였다. 내 무슨 면목이 있어 네놈 같은 잔챙이의 목으로, 교도들이 겪

어왔던 인내행(忍耐行)의 시간들을 갚으려 하겠느냐. 응당 네놈 같은 잔챙이가 아니라 칼리프 그놈을 죽여 버려야 할 것을!

"감사합니다. 감사합니다."

놈이 몇 번이고 고개를 조아렸다.

흥.

—네놈 목숨은 내 교도들이 알아서 할 일이다.

"그, 그 말씀은……."

놈의 얼굴이 시퍼렇게 질린 바로 그때.

교도들이 고함 소리와 방 안으로 들어오기 시작했다.

*   *   *

수에즈 궁전의 모든 방과 복도는 휴식을 취하고 있는 교도들로 발 디딜 틈 하나 없었다. 교도들은 나를 보자마자 일어나려 하였다. 나는 그런 교도들에게 일어나지 말라는 명을 내리면서, 아스케르가 썼던 커다란 침실로 빠르게 이동했다.

활짝 열린 침실 문 안으로 많은 병자들이 보였다. 운하 공사 현장에서 병을 얻거나 크게 다친 교도들이었다.

그들 사이로 코카서스 계열의 궁전 의사와 시녀 그리고

의술을 아는 본교의 교도들이 바삐 오가며 환자를 돌보고 있었다.

"교주님."

등 뒤에서 나는 소리였다. 내당주 냉상아와 함께 교도들이 약재 바구니를 한 아름 껴안은 채 허리를 굽혔다.

"상태가 위급한 이들은 본 교주가 직접 치료할 것이다."

"위급한 이들은 안쪽 별실에 따로 두었습니다. 하교가 모시겠습니다."

그러면서 냉상아가 안쪽 별실로 나를 안내했다.

"지금부터 내가 가리키는 이들의 손목에 붉은 실을 묶어라."

병자들을 안에서부터 다스려야 하는 병마(病魔)를 가진 이와 외과적 시술이 선행되어야 하는 이, 그렇게 두 그룹으로 나누었다.

손목에 붉은 실을 묶은 이들은 외과적 시술이 필요한 병자들이었다.

그네들 치료는 궁전 의사들에게 맡겼다. 궁전 의사들의 외과적 시술 능력이 생각했던 것 이상으로 뛰어나 믿고 맡길 만하였기 때문이다.

궁전 의사들이 병자들을 돌보는 동안, 나는 다른 그룹

의 치료에 매진했다.

내가 맡았던 그룹의 마지막 인원까지 치료를 마쳤을
때.

"교주님께서도 치료를 받으셔야 합니다."

냉상아가 다가와 말했다. 그녀의 시선을 따라 고개를
옮기니, 핏물로 번져버린 어깨 붕대가 시선에 들어왔다.

지혈을 해두었다고 생각한 것이 또다시 상처가 벌어진
게 틀림없었다. 그렇게 하겠다고 대답하면서 나무 의자로
자리를 옮겼다.

냉상아는 아스케르를 전담했던 궁전 의사를 데려왔다.
흰 수염이 희끗희끗 난 늙은 의사가 나를 보고 석고상처
럼 굳었다.

─겁먹지 말고 가까이 오거라.

의념을 전하며 상의를 벗었다. 궁전 의사의 눈동자가
주먹만큼 커졌다. 그의 시선이 내 등에 정확히 꽂혀 떠나
질 않았다.

아마도 내 등에 가득한 온갖 흉터들을 보고 한 번 더 놀
란 모양이었다.

흉터는 등뿐만 아니라 내 온몸에 가득했다. 어린 학창
시절. 거울에 빨려 들어가 신비로운 세상을 맞이한 이후
로 무수히 많은 전투를 치러왔던 흔적들이다.

그것은 마치 오랜 세월에 거쳐 지독한 고문을 당해 왔었던 것마냥, 어찌 보면 징그럽다 할 정도였다.

─뼈는 건드리지 않았다. 너희들의 지혈제를 바르고 봉합을 하면 될 것이다.

"예……."

의사는 조심스럽게 피로 물든 붕대를 풀기 시작했다.

그는 한 번 더 놀란 얼굴이 되었다.

"상처가 깊습니다. 무척 고통스러우셨을 텐데. 혹 통증이 느껴지지 않았습니까?"

그럴 리가.

뼈는 건드리지 않았지만 뼈가 보일 만큼 근육이 깊게 패여 신경까지도 영향을 미쳤다.

하지만 통증을 참는 훈련쯤이야, 그간 본의 아니게 무던히도 해왔었다. 이번의 상처는 저번에 무트타르와 싸웠을 때에 비하면 조족지혈(鳥足之血)의 수준에도 미치지 못하다.

내게서 대답이 없자 의사는 묵묵히 치료를 시작했다.

따뜻한 물에 적신 천으로 상처 주위를 닦고, 지혈제를 바른 다음 봉합을 마쳤다. 그가 깨끗한 붕대로 내 어깨를 감쌌다. 그러면서 어깨가 움직이지 못하도록 팔 전체를 압박하는 형식으로 붕대를 매듭지으려 했다.

—그만하면 되었다.

팔을 빼며 의념을 전했다.

"……. 붕대로 팔이 움직이지 못하게 감싸야 합니다. 상처가 다시 벌어지고 계속해서 잘못 아문다면, 치료 기간이 많이 길어질 수 있습니다."

—싸움이 그칠 것 같으냐?

아마도 지금쯤이면 카이로에서 살라딘 나샤마의 대군(大軍)이 출발했을 것이다.

—본 교주는 너희들을 모조리 죽이기로 하였다. 상처는 계속해서 벌어지고 아물 틈 또한 없겠지. 너희들의 목을 벨 때마다 끊임없이 어깨를 움직일 테니까. 크크큭.

궁전 의사는 황급히 허리를 숙였다.

—네 목숨도 온전하다 생각지 말거라. 당장 쓸모가 있어 살려 둔 것뿐이나, 여기에 있는 교도들이 하나씩 잘못될 때마다 너희들의 팔과 다리를 자를 것이다. 알아들었으면 당장 움직이거라.

"예, 예……."

궁전 의사가 허리를 숙인 자세 그대로 뒷걸음질하여 물러났다.

냉상아를 손짓해 불렀다. 그녀는 지척에서 나를 바라보고 있다가 빠르게 다가왔다.

"나샤마라는 술탄을 아느냐?"

"예."

"파달로 가는 길에 그것의 군대와 부딪칠 수밖에 없을 것이다. 후미(後尾)를 따라 잡히면 교도들의 피해가 클 터. 또한 그것이 부린다는 사술(邪術) 또한 신경이 쓰이는 터. 본 교주가 돌아올 때까지 성문을 걸어 잠그고 노고수들과 함께 기다리고 있거라."

"혈혈단신으로 대군과 싸우시겠다는 말씀이십니까."

냉상아는 단번에 내 의중을 눈치챘다.

"모두 베어 버리고 그것의 목을 가지고 돌아올 것이다."

"하, 하오나."

"크큭. 냉상아! 언제부터 그리 말이 많아졌느냐."

화악!

일순간 뻗쳐 나간 살기에 냉상아의 얼굴이 사색으로 변했다.

냉상아의 턱을 들어 눈을 마주쳤다.

"너는 본 교주가 돌아오지 못할 것이라 염려하는 모양이지?"

"아, 아니옵니다."

"감히 본 교주에게 거짓을 고하는 것이냐. 네가 염려해야 할 것은 본좌가 아니라, 본좌가 없는 동안 보살펴야 할 교도들이다. 본좌가 없는 동안 예기치 못할 일이 일어날 수도 있지 않겠느냐. 지금까지 그래왔듯 최선을 다해 교도들을 보살피거라. 알겠느냐."

"그, 그리하겠습니다."

"그래. 만일 너희들이 잘못된다면 본 교주가 너희들의 복수를 해줄 것이니, 어떤 상황에서든 항상 의연해야 할 것이고."

"예."

"하면 나샤마의 목을 가지고 돌아오지. 저것들에게 본교와 본좌의 위대함을 저들에게 가르쳐 줄 좋은 기회이지 않느냐. 감히 본교를 건드리면 어떻게 되는지 깨닫게 될 것이다."

그 말과 함께 몸을 일으켰다. 외벽으로 창이 뚫려 있었다.

"기다리고 있겠습니다."

냉상아의 그 말을 뒤로한 채, 창밖으로 몸을 던졌다.

* * *

난장판이 된 수에즈 시가지를 벗어나 서쪽으로 달렸다.

대군을 움직일 경우 카이로에서 수에즈로 올 길은 한군데 밖에 없었다.

일출이 시작될 무렵, 황무지에서 미세한 진동이 느껴졌다. 먼 곳이 훤히 보이는 언덕 지대로 올라갔다.

과연 엄청난 규모의 사막 기병대가 하르마탄이라고 오인해도 좋을 흙먼지를 일으키며 맹렬히 달려오고 있었다.

지평선 너머까지 길게 꼬리가 이어진 것이, 아무리 적게 잡아도 일만이 넘어 보였다.

선봉대(先鋒隊)로 세워진 기병의 수가 일만이다. 그 뒤로 얼마나 많은 병사들이 뒤따르고 있을지는 불 보듯 뻔한 일이었다.

이를 악물며 생각했다.

모두 뚫고 나샤마의 목을 베고 돌아간다. 내 얼굴을 보면 오금을 저리며 도망쳐버릴 만큼, 죽일 수 있는 대로 죽여 버리면서.

그러던 문득,

―저것들을 기다리고 있었겠지?

한 목소리가 머릿속에서 울려 퍼졌다. 얼굴을 와락 일그러트리며 뒤로 고개를 돌렸다.

그렇게 필요로 할 때에는 나타나지 않았던 것이 이제와서 나를 찾아온 것이다.

―자살행위다. 애송이.

흑천마검을 본 순간 나는 어처구니가 없었다. 언젠가 이 순간이 오면 분노가 머리끝까지 치솟을 거라 생각했건만, 녀석의 엉뚱한 모습에 짜증이 먼저 났다.

"어떻게 된 거지?"

항상 머리카락이 산발되어 있었어도 항상 윤기가 흘러 다듬어지지 않은 비단과 같았었고, 시체 마냥 새하얀 피부를 가졌지만 그 어떤 생물보다 진한 생명력이 담긴 고고한 눈이 떠져 있었다.

그런데 갑자기 나타난 녀석은 패잔병(敗殘兵)과 같은 상처 입은 몰골을 하고 있었다. 녀석의 이런 모습은 난생처음이었다.

―물론 저것들 또한 전멸하겠지만…….

흑천마검이 지평선에서부터 이어진 사막 기병대를 내려다보며 말했다.

"네 녀석의 그런 모습……. 정말 의외군. 누가 그렇게 만들었지?"

흑천마검은 조용했다.

"크큭. 너도 상처를 입을 줄 몰랐는데, 지금 네 꼴이 얼마나 우스운지 아나? 누가 그렇게 만들었냐고 물었어. 백운신검인가?"

―나와 갈 데가 있다.

"지금 보다시피 할 일이 있어서 말이지. 네 녀석도 좋아할 일이야. 피가 흐르고 시신이 쌓일 테니까. 구경이나 해."

―이 몸이 도와준다면?

"합일(合一)을 말하는 것이겠지? 거절한다. 너와 합일하는 일은 없어. 잘 아는 녀석이 왜 그런 제안을 하는 거지."

녀석에게 꿍꿍이가 있다. 그것이 무엇이든 애초에 나는 녀석과 다시는 합일을 하지 않겠다고 다짐했었다.

흑웅혈마가 죽고 교도들이 목숨을 잃어가며 강제 노역을 당하고 있다는 것을 알게 되었을 때, 또 그 광경을 운하 공사 현장에서 직접 보았을 때.

만일 그때에 흑천마검이 내 곁에 있었다면 충동적으로 녀석에게 합일을 요구했을지도 모른다. 아마 분명히 그랬을 것이다.

녀석과 합일이 잦을수록 합일체의 의지가 녀석에게로 쏠리는 현상을 보여 왔다. 직전의 합일에서도 위태위태한 순간이 많았다.

하지만 다시 합일을 한다면? 더욱이 녀석은 직전에 합일했던 순간보다 더 강해져, 실제로 자유로운 운신이 가능한 상태다.

이런 상황에 다시 합일한다면 합일체에서 '나'는 사라지고 '흑천마검'만 존재할 확률이 높다. 그것이 다시는 놈과 합일을 하지 않겠다고 다짐한 가장 큰 이유였다.

―이번에는 네 뜻대로 해 보겠다.

그런데 뜻밖에도 생각지도 못한 말이 들려왔다.

"이번에는?"

―우리가 하나가 되었을 때, 내 의지를 지우겠다. 애송이.

"이해할 수 없어. 그래서 네가 얻는 게 뭐지?"

―애송이. 네놈이 얻을 걸 생각해 보아라. 당장 저것들만 봐도, 털끝 하나 다치지 않고 모조리 베어 버릴 수 있지.

"그건 내 본연의 힘만으로도 가능한 일이다."

―맞아. 네놈은 충분히 그럴 힘이 있지. 하지만 같이 자멸할 것이다. 분명히.

크큭. 크크크크큭.

녀석의 소름 끼치는 웃음소리가 모래바람에 실려 왔다.

―애송이. 지금 너는 칼리프를 죽이기도 전에, 저것들과 같이 산화(酸化)하려는 것이다.

"천만에."

―이 몸의 말을 믿어라. 이 몸은 그런 걸 무수히 많이 봐왔어.

"크하핫. 어디서 쥐어 터져서 온 녀석이 못하는 말이……."

그쯤에서 하던 말을 멈추고 녀석을 다시 쳐다봤다.

합일의 순간, 녀석이 스스로 의지를 지우겠다는 말이 뇌리에 강렬히 남아 있었다.

도대체 그동안 무슨 일이 있었기에 그런 황당한 제안을 하는 것일까.

―내 힘을 빌려 주겠다.

"……."

―단 하나만의 의지만을 남겨둔 채.

"……."

―모든 의지를 지울 것이다.

"그게 무엇이지?"

―바그다드로 가서 칼리프를 죽이는 것. 그 외에는 전부 네놈이 하고 싶은 대로 전부 할 수 있을 것이다. 이 몸은 단 하나의 의지만을 남긴 채 네놈에게 완전히 종속되어 버릴 테니까.

"설마 네 녀석을 다치게 만든 것이……. 백운신검이 아니라 칼리프란 말인가? 맞군. 그동안 어디서 뭘 하고 있나 했더니, 칼리프에게 쥐여 터지고 있었어. 그놈이 네 녀석을 이렇게 만든 거야. 크큭."

흑천마검의 진정한 저의를 알기 위해서, 일부러 흑천마검을 조롱했다.

하지만 녀석은 내 비웃음에도 불구하고 눈썹 한 번 찌푸리지 않았다. 처음과 동일한 얼굴로 나를 똑바로 바라볼 뿐이었다.

"크하하핫!"

녀석의 이런 모습과 칼리프가 처한 상황에 참을 수 없는 웃음이 터졌다.

"칼리프. 그놈은 정말이지 죽고 싶어 환장한 놈인가 보군. 너와 나. 우리의 분노를 모두 사고 말았군."

흑천마검이 칼리프에게 어떻게 당했는지는 더 이상 중요하지 않다.

중요한 건 그가 그동안 바그다드에서 꽤나 많은 분노를 쌓아왔다는 것이다.

흑천마검이 말없이 손을 뻗었다.

"단 하나만의 의지만을 남긴 채."

—단 하나만의 의지만을 남긴 채.

"섬멸."

—섬멸.

흑천마검의 손을 있는 힘껏 쥐었다.

*   *   *

차디찬 한기가 팔을 따라 올라와 전신으로 퍼져나가며 온몸이 마기(魔氣)로 가득 차는데, 이전의 합일 때와는 분명히 다른 뭔가가 있었다.

우주의 태양을 뽑아 단전에 틀어박은 듯한 강렬한 에너지가 단전을 중심으로 맴돌기 시작한 그 순간, 두 눈이 번쩍 떠졌다.

눈에서 광망이 터지며 하늘 위로 천천히 떠올랐다.

사람의 몸에 날개로 돋쳐 하늘로 날아가 신선이 되는 것을 우화등선(羽化登仙)이라 하였던가.

자유로이 하늘 위를 부유했으며, 살며시 불어온 바람들이 내 몸에 닿으며 진리(眞理)를 터트렸다.

두 눈을 감자 나 스스로를 관조할 수 있었다.

흑천마검이라 지칭할 수 있는 것은 어디에도 없었다.

녀석이 남겼던 의지 또한 본래 나의 의지와 상충되는 것이 없던 탓에, 내 정신 속에 녹아 사라진 상태였다.

눈을 떴다.

내 손에는 한때 흑천마검이 속박되어 있던 검이 들려 있었다.

그것을 허공에 가볍게 그어 내리자.

뇌락 같이 선명한 강기들이 쏟아져 나가 지상으로 떨어지기 시작했다.

일만 기마대의 머리 위로!

다음 권에 계속